Nós nos espalhamos

Iain Reid

Nós nos espalhamos

Tradução de Maira Parula

ROCCO

Título original
WE SPREAD

Esta é uma obra de ficção. Qualquer referência a fatos históricos, pessoas reais, vivas ou não, ou lugares, foi usada de forma fictícia. Outros nomes, personagens, locais e acontecimentos são produtos da imaginação do autor, e qualquer semelhança com acontecimentos reais ou lugares ou pessoas, vivas ou não, é mera coincidência.

Copyright © 2022 *by* 10804843 Canada Inc.
Todos os direitos reservados, incluindo o de reprodução no todo ou em parte sob qualquer forma.

Edição brasileira publicada mediante acordo com
The Foreign Office e Transatlantic Literary Agency Inc.

Direitos para a língua portuguesa reservados
com exclusividade para o Brasil à
EDITORA ROCCO LTDA.
Rua Evaristo da Veiga, 65 – 11º andar
Passeio Corporate – Torre 1
20031-040 – Rio de Janeiro – RJ
Tel.: (21) 3525-2000 – Fax: (21) 3525-2001
rocco@rocco.com.br
www.rocco.com.br

Printed in Brazil/Impresso no Brasil

preparação de originais
PEDRO KARP VASQUEZ

**CIP-BRASIL. CATALOGAÇÃO NA PUBLICAÇÃO
SINDICATO NACIONAL DOS EDITORES DE LIVROS, RJ**

R285n

    Reid, Iain
        Nós nos espalhamos / Iain Reid ; [tradução] Maira Parula. - 1. ed. - Rio de Janeiro : Rocco, 2023.

    Tradução de: We spread
    ISBN 978-65-5532-327-6
    ISBN 978-65-5595-177-6 (recurso eletrônico)

    1. Ficção canadense. I. Parula, Maira. II. Título.

23-82061   CDD: 819.13
                               CDU: 82-3(71)

Gabriela Faray Ferreira Lopes - Bibliotecária - CRB-7/6643

O texto deste livro obedece às normas do
Acordo Ortográfico da Língua Portuguesa.

Para Liza

Este dia em que te escrevo é o último da minha vida,
e é também um dia feliz.
— Epicuro a Idomeneu de Lâmpsaco

Parte 1

ELE ERA UM ARTISTA. Um pintor prolífico, de mérito e distinção. Impressionava com sua ousadia e engenhosidade. Gostava de chocar e desnortear. Refinou esta estética da confusão imoderada e metódica no decorrer de muitos anos. Conquistou admiradores, patronos, imitadores. "Papagaios", como ele se referia aos artistas mais jovens que, segundo ele, tentavam reproduzir o seu estilo. Um crítico chegou a escrever que se sentia "emocionalmente massacrado" por sua obra. Durante todo o tempo em que nos conhecemos, ele nunca hesitou em alegar que sua única obsessão era produzir cada vez mais obras e jamais se esgotar ou desaparecer.

Ele recebia correspondência de fãs em nosso apartamento — cartões e cartas chegavam de todo o país, até da Europa. Às vezes tais missivas eram simplesmente endereçadas ao Artista, o que o fazia revirar os olhos numa humildade fingida. Ele era discutido e analisado por estudantes. Ministrava palestras a convidados nas quais os presentes lhe pediam para esclarecer e estender-se mais sobre sua obra, além de dar alguns conselhos a aspirantes a artistas. Ele não era famoso como músicos ou atores costumam ser.

Mas em um determinado nicho de devotos do surrealismo, era reverenciado e celebrado.

No entanto, nenhuma dessas pessoas o conhecia como eu. Eu o conhecia do modo mais íntimo que se pode conhecer alguém. Conhecia-o de um jeito que ninguém mais conhecia, nem seus fãs, nem os amigos, nem os familiares. Eu o conhecia, acredito, como ele conhecia a si mesmo.

Em nossos muitos anos juntos, fui testemunha da anatomia invisível que dava forma a sua identidade. Todos achavam que ele era imune a tendências, a se enquadrar. Não. Não era. Ele precisava de uma convergência de reações e procurava aceitação. Era estrondoso em tudo que fazia.

Algumas percepções sobre aqueles mais próximos de nós vinham num átimo. Outras interpretações levavam décadas para se formar. A obra do meu parceiro transmitia algo de espiritual, mas afinal ele era tão humano, um homem que, como tantos outros, com o tempo ficava menos interessado, menos curioso, menos atento. Isso era não só cativante como também decepcionante. Ele era, como passei a ver, mais do que tudo, um conformista.

Não éramos infelizes juntos. Brigávamos como qualquer casal, principalmente quando éramos jovens. Mas nos últimos anos nossos conflitos eram motivados por qualquer bobagem, como qual a temperatura devia ser programada no termostato. Algumas noites, durante nossos primeiros anos juntos, bebíamos vinho branco e conversávamos em um francês capenga. Mesmo que não entendêssemos inteiramente, adorávamos o som daquela língua.

À medida que envelhecíamos, passávamos mais tempo separados, mesmo quando estávamos os dois em casa. Ele desprezava o envelhecimento e se recusava a aceitar a degradação do seu corpo. O amor que eu sentia por ele desbotou e se desvaneceu. Não havia nada para colocar no lugar. Nenhum mistério. Nada a descobrir. O encantamento fora substituído pela conscientização. No fim, não era só a familiaridade. Eu tinha uma compreensão total e completa dele.

Ele costumava dizer que eu era taciturna e compreensiva demais para o meu próprio bem. Dizia que eu evitava o confronto e que ele passou anos tentando me deixar menos ansiosa, menos dócil e mansa, e que eu sempre parecia estar vivendo alguma revolta íntima. Ele se preocupava com banalidades tanto quanto eu. A diferença era que ele, ao contrário de mim, não conseguia esconder.

Antes de morrer, quando estava muito doente, ele me falou do quanto estava assustado. Morria de medo de se tornar obsoleto e esquecido. Antes disso, nunca havia confessado ter medo. Disse que quando se está tão perto da morte, quando se está bem ali nesse ponto, a profundidade do medo é gigantesca. Ele não queria morrer. Queria desesperadamente mais tempo. Disse que tinha tanto ainda que queria fazer. Disse que tinha medo por mim também, medo de que eu tivesse de passar sozinha pelo fim da vida.

Nisso ele tinha razão. Estou perto do fim agora, e estou sozinha. Muito velha e muito sozinha. Tenho sido ambas as coisas há algum tempo, cercada por amontoados indiferentes e as pilhas pesadas de uma vida já vivida: discos de vinil, vasos de flores vazios, roupas, pratos, álbuns de retratos, revistas de arte, desenhos, cartas de amigos, uma biblioteca de livros em brochura enfileirados nas estantes. Não é de admirar que eu fique presa no passado, pensando nele, em nossos dias juntos, em como nossa relação começou e como terminou. Eu me sentia envolta pelo passado. Morei aqui, no mesmo apartamento, por mais de cinquenta anos. O homem que se mudou para cá comigo, o homem com quem passei mais tempo na vida, mais do que qualquer outra pessoa, me diria em momentos íntimos, aqui mesmo neste apartamento, deitado em nossa cama, que ser sensível demais seria o meu fim.

— Era você o sensível — digo agora, para o quarto vazio. — Era você quem tinha medo.

Não fiquei com raiva, ressentimento nem pena. Foi um anticlímax — um enlutamento por minha própria crença ingênua.

Passo os olhos pela minha sala de estar.

Há pilhas de cadernos de anotações, blocos de esboços, desenhos e fotografias. A primeira obra de arte que tive na vida está enterrada aqui em algum lugar. Um presente de meu pai. É uma gravura da árvore da vida em moldura fina, pequena, chega a caber na mão. Nunca pendurei porque não queria que ninguém mais visse.

Há duas estantes cheias de livros. Estou perdendo minha capacidade de concentração; agora é difícil ler romances, ou qualquer outro gênero de livro. Antigamente eu lia um ou dois livros por semana. Ficção literária, romances históricos, comédias. Eu devorava livros sobre ciências e a natureza.

Há uma caixa embaixo da mesa de centro cheia de pequenas esculturas de cerâmica. Eu as fiz quando tinha vinte e poucos anos. Tenho todos esses discos, mas não escuto mais música.

A certa altura da vida, não eram apenas objetos. Tudo tinha tanto significado para mim. Tudo aquilo. Medula que se transformara em gordura.

A POLTRONA DA MINHA SALA de estar é o único lugar em que me sento. É onde vejo TV. É onde tiro um cochilo. É onde faço as refeições. Tenho uma tigela de sopa vermelha à minha frente na bandeja, uma única luminária acesa na sala. Consumi metade da lata de sopa no jantar de ontem. Tomo o caldo salgado sem prazer nenhum. Não durmo bem à noite. Meu corpo está cansado. Os joelhos doem.

Eu me sento aqui em minha poltrona à tardinha e fico até o anoitecer, quando percebo que está na hora de ir para a cama. Não tenho muito apetite. Nunca tive, mas ele vem diminuindo com a idade. A comida não chega a me repugnar. Entendo que comer é essencial. Prefiro tomar sopa porque é quente, mas o calor se perde quando nos aproximamos das últimas colheradas. O consumo ávido, o ato de devorar como fazem alguns, nunca me atraiu. Eu simplesmente não conseguia fazer isso. Como devagar. Comida quente sempre esfria.

Eu costumava gostar de cozinhar para mim e para os outros. Adorava ver os amigos comerem o que eu havia preparado para eles. Tinha prazer em recolher os guardanapos sujos depois de uma refeição, relíquias de uma satisfação compartilhada. Dávamos grandes e estrondosos jantares a intervalos de poucas semanas. Bebíamos vinho e discutíamos política, arte, religião, música, cinema. Dançávamos, cantávamos, participávamos de jogos, ríamos.

A maioria de nossos amigos era do mundo da arte, mas também incluíamos vizinhos de nosso prédio e gente que conhecíamos do bairro. Eu convidava colegas do trabalho. Trabalhei como caixa do mesmo banco por mais de vinte e cinco anos. O trabalho envolvia principalmente preencher guias de depósito. Da última vez que estive no banco, séculos atrás, eu não conhecia um só rosto. Não reconhecia ninguém.

Todo dia de domingo eu costumava preparar uma panela imensa de um forte caldo de ossos da cor de mogno. O que passou a ser uma tradição de inverno. O apartamento aos poucos se enchia com seu cheiro nutritivo, que permanecia em nossas roupas durante dias. Eu assava frangos inteiros, dois de cada vez, e fazia omeletes de cogumelos com uma salada de rúcula com vinagrete de limão. Meus biscoitos amanteigados eram famosos no prédio. Eu sempre fazia o suficiente para distribuir metade deles.

Mas minha refeição preferida era a mais simples. Um único ovo frito, estrelado, com uma fatia de torrada com manteiga para molhar na gema. Aprendi a fazer quando tinha uns nove ou dez anos. Esse almoço, com uma xícara de chá quente, era algo que não deixava de me sustentar. Agora o que como com mais frequência é sopa e bolachas secas.

Corro os olhos pela sala de novo. É tudo tão antiquado. Até eu posso enxergar isso. Ultrapassado. Gasto. Aqui antigamente era um ambiente habitável. Agora não passa de um depósito decrépito. Um repositório desolador e circunscrito de jornais velhos, quinquilharias aleatórias, manchas no carpete e eu.

    Levo uma colherada de sopa ao nariz e cheiro antes de comer. Não sinto o odor de nada. Atrapalho-me com a colher vazia e ela cai no chão, junto a meus pés. Quando me curvo para pegá-la, sinto uma pressão no peito e começo a tossir. A princípio, só de leve, mas transforma-se em um acesso de tosse.

    Quando enfim a tosse para, sinto as lágrimas no rosto.

OUTRA LONGA NOITE ME revirando no escuro. As noites não deviam parecer longas como os dias. Elas são feitas para passar num piscar de olhos. Eu deveria acordar sentindo-me descansada e renovada. Mas nunca é assim.

Não faço ideia de que horas são. Minhas cobertas estão puxadas até o queixo, mas ainda sinto frio. Meu quarto, como a sala, é atulhado e apertado. Não tenho energia para me livrar de nada. Mudo de posição, passando para o outro lado do colchão. Apesar do cansaço, não consigo adormecer.

Assim que me sinto cair no sono, ouço uma voz, aguda, do outro lado da parede.

"Pare", ouço. "Escute."

Não tinha notado que eu tinha vizinhos do outro lado da parede. Pensei que a inquilina dali tivesse ido embora semanas antes. Ela fala alto e com firmeza, sem gritar. Parece séria. O som sai abafado demais para entender o que está dizendo. Ouço uma cadeira cair, ou é uma porta se fechando.

Viro-me de bruços, tentando desesperadamente dormir. Uso meu travesseiro fino para abafar o barulho.

PASSO PELA ROTINA MATINAL no banheiro como faço todo dia. Escovo os dentes, lavo o rosto. Jogo um punhado de água morna nas faces. Antigamente eu tinha a pele lisa; desconhecidos me diziam que eu parecia nova para a minha idade. Meus cabelos brancos estão ficando ralos e achatados na cabeça. Parei de tingir alguns anos atrás. Sempre fui baixa e magra, mas andei perdendo peso. Sei disso sem precisar de uma balança. Agora estou esquelética, seca. Estou ressequida e murcha como uma passa. Nunca tive movimentos graciosos, mas meu joelho artrítico me deixou mais lenta e ainda mais deselegante. Ele dói.

Depois de me vestir, controlo a hora pelo relógio da parede e levo nove minutos para me arrumar, colocando o casaco, as botas, as luvas, o cachecol, o gorro. Nove minutos inteiros. Imagino que consuma tanto tempo quanto preparar um bebê de colo. Quase dez minutos só para sair de casa no inverno. Tudo isso para comprar uns poucos mantimentos.

Desço pelo elevador, saio do prédio e caminho pela calçada enlameada, puxando um carrinho de compras. Ando devagar, com cuidado, passo pela grande vidraça do andar térreo de um edifício comercial. Eu passava por este edifício a caminho do banco todo dia. Paro quando vejo meu reflexo de corpo inteiro no vidro. Minha corcunda piorou. Quando foi que parei de me cuidar?

Talvez o declínio físico fosse inevitável. Era o que ele mais temia: ver uma forma depauperada olhando do espelho, a sensação de ter perdido sua chance de criar. Será que ele poderia ter feito algo para impedir isso? E eu poderia fazer? Reverter tudo? A linha de chegada um dia sempre aparece. Tem de ser assim.

É a vida. A tragédia da vida: o fim chega para todos. As pessoas na calçada passam por mim, desviam-se de mim, sem me olhar nos olhos nem dar por minha presença.

DE VOLTA PARA CASA, de volta para o terceiro andar, entro pela porta 3B e me sento para tirar as botas. Não tenho energia para tirar o casaco nem para recolher as compras do carrinho. Meu corpo pode estar desistindo de mim, mas minha mente não está tão esgotada com a idade. Ainda consigo pensar. Sei que dia da semana é, em que estação estamos. Se precisar, consigo conversar com estranhos quando estou na fila de uma loja. Sinto-me grata por essa concessão. Era o que sempre mais me preocupava. O declínio cognitivo. As lembranças desvanecendo. Os dias perdidos. Um presente incerto.

Vou até a estante, procuro por um livro específico. Quando o encontro, retiro-o da prateleira e levo para minha poltrona. *Surrealismo*, de Herbert Read. Abro na página marcada com um guardanapo. Leio uma frase ao acaso em voz alta.

"O movimento surrealista foi uma revolução direcionada a cada esfera da vida, abarcando tanto a política e a poesia quanto a arte, tendo como propósito a liberação das capacidades da mente subconsciente..."

A arte e o surrealismo abarcavam a minha vida também. Mais do que qualquer outra coisa. Adorei esse livro quando o comprei.

Fiquei muito animada para chegar em casa e começar a ler. As ideias ali contidas pareciam tão vivas para mim, ligadas ao que eu aspirava a ser. Ele parecia pessoalmente ligado a mim pela emoção que me despertava. Lembro-me de que eu trabalhava em um autorretrato quando o comprei. Não sei o que aconteceu com aquela tela. Tenho certeza de que ainda está aqui em algum lugar, em meio a uma pilha de outras pinturas.

Lembro-me com detalhes dos sentimentos que tive na época, um frenesi íntimo e particular de potencialidades. Onde está isso agora? Estados de ânimo não são feitos para durar. Eles não são confiáveis. Até o mais firme um dia se dissolve e desaparece.

Coloco o livro na mesinha lateral e enfim tiro o gorro e abro o zíper do casaco pesado. Curvo-me e escrevo três nomes no guardanapo achatado e sem uso do almoço.

Arshile Gorky, Meret Oppenheim, Leonora Carrington.

Houve um tempo em que ver o nome desses artistas me emocionava. Nem precisava ser sua obra, só ver os nomes. Leio os nomes mais algumas vezes, depois coloco o guardanapo por cima de uma pequena pilha de anotações.

HÁ VÁRIAS DESTAS PILHAS em todo o apartamento. Às vezes encontro minhas anotações nas dobras da poltrona ou nos bolsos de meus casacos. Começaram como lembretes prosaicos a mim mesma, sobre receitas, ou listas de compras. Mas ficaram mais urgentes com o passar dos meses. Minha memória é forte. Escrevo estas anotações como precaução. Escrevo-as porque sei que estou muito velha e logo me esquecerei. Vou me esquecer de todas essas coisas que me animam, que me emocionam. De todas as coisas que adoro. Vou me esquecer das sensações que tive. Depois será tarde demais para tentar lembrar.

Pego duas anotações que encontrei no bolso do meu cardigã pendurado no encosto da poltrona.

Tem mais pão no freezer.
Você sempre adorou dançar.

SOU ACORDADA POR UM baque surdo no apartamento vizinho. Depois, uma tosse. Uma voz. De mulher. Contrariada, mas assertiva. Ela deve morar aí do lado. No apartamento contíguo ao meu. Pensei que estivesse desocupado. Pensei que os últimos inquilinos tivessem se mudado. Tenho a boca seca e sinto sede. Ainda está escuro agora, e me pergunto quanto tempo mais vai levar para amanhecer.

Na maioria das noites, meu sono é leve e superficial, repleto de sonhos perturbadores. Tenho um sonho recorrente em que estou no parque perto do meu prédio. Não vou lá tanto atualmente, mas costumava caminhar por ele quase toda manhã antes de ir para o trabalho. Adorava ver suas árvores imensas e antigas, a primeira luz do sol nascente fazia a grama parecer uma pintura móvel. Eu me sentava em um banco e sentia a brisa no rosto. Mas eu tinha de chegar lá na hora certa, ou perderia isso. Nunca durava muito. É o que torna tudo especial.

No sonho, estou tentando chegar lá, ao parque, ao banco, mas há pessoas impedindo o meu caminho. É frustrante e frenético. O céu está ficando mais claro e mais luminoso, e sei que não vou conseguir. Acordo, durmo, acordo, durmo em um ciclo interminável até que meu quarto se enche da luz do dia. Os sonhos vêm e vão. Nunca olho o relógio, só quando saio da cama.

Certa vez, ele me disse que eu deveria tentar pintar uma paisagem, como um exercício. Disse que retratos são específicos e pequenos demais. Disse que eu deveria expandir minhas áreas de interesse, me desafiar, reconhecer uma escala maior. Então pintei algumas das árvores do parque para apaziguá-lo.

Ele viu a primeira tela quando eu estava na metade dela. Examinou-a, tirando os óculos do alto da cabeça, e disse: "Não vejo árvores, Penny. De jeito nenhum. Isto não é um insulto. Só estou encorajando você a tentar pintar com mais sinceridade. A pintar o que você realmente vê."

Nunca terminei aquela pintura.

Rolo na cama e acendo a fraca luz do abajur da mesa de cabeceira. Passo a mão pelo meu braço. Tem um hematoma ali e a mancha está sensível ao toque. Acho que eu não tinha este hematoma quando vim dormir, então como aconteceu isso?

"Não podemos parar agora", diz a voz do outro lado da parede.

"Eu sei disso", responde uma voz mais grave.

Paro de esfregar o braço. Fico escutando. Venho ouvindo cada vez mais essas vozes do apartamento ao lado, em geral à noite. São apenas sons, tons sem corpo, mas são reais. Vozes não são sons como os de carros, ônibus e sirenes na rua. Essas vozes têm um impacto peculiar em mim. O som de humanos.

OUÇO PASSOS E O som de uma porta batendo. Que horas são? Fico deitada no escuro, de olhos arregalados, desperta.

"Como se sente?"

Não consigo entender a resposta exata. Fico sem saber.

"Não! Você não pode dizer nada. Ainda mais para ela."

Outra resposta abafada.

"Você não está prestando atenção!"

E, então, silêncio. Inclino-me para frente, acendo de novo o abajur e faço uma anotação para mim mesma.

Perguntar a Milie sobre as vozes no vizinho.

Eu me levanto.

Meus chinelos dificultam o andar. São pesados e agarram no carpete. Mas sem eles meus pés pequenos ficam frios demais. Durante o dia eu fico mais sentada do que ando mesmo. Fico sentada para ver TV. Sentada para comer. Sentada, olho para minhas mãos mudadas, as manchas escuras e as veias saltadas, como meus dedos ficaram ossudos e recurvados. Mais parecem galhos retorcidos do que dedos humanos aproveitáveis, mais parecem casca de árvore do que pele.

Eu queria ter feito mais. Agora não há tempo suficiente para mim. Tive anos e anos de tempo. Passou tão rápido. Passou rápido demais.

Arrasto-me até o banheiro, depois de volta à cama. Nunca tirei a caixa de areia vazia perto da janela, embora não seja mais necessária. Quando foi que a gata morreu? Gorky adorava se aconchegar, especialmente pela manhã. Agora já parece fazer muito tempo.

De vez em quando ainda a ouço, Gorky, miando baixinho de um dos outros cômodos. Levo algum tempo para perceber que é só uma ilusão, uma criação auditiva da solidão e da memória.

Acima da caixa de areia, duas pinturas a óleo penduradas na parede do quarto. Paisagens imensas. Duas das primeiras que, por motivos sentimentais, ele disse que não podia vender nunca. Elas são tão grandes e pesadas, como todo trabalho dele. A escala em si mesma demonstra inspiração? A dimensão tem relação com a realização? Não gosto dessas telas dele. Evito-as. Nunca lhe disse o que eu pensava de verdade. Ele tinha carinho por elas. Eu as tiraria dali se conseguisse alcançá-las e se tivesse força. São pesadas demais para eu deslocá-las. Sempre foram.

Tem outras telas também, menores, pinturas minhas, encostadas na parede no canto do quarto. Nunca penduramos nenhum de meus retratos. Eu não queria. Não sentia a necessidade de exibir minhas telas desse jeito e nunca achei que estivessem acabadas. Sempre quis a chance de continuar trabalhando nelas, mexendo, corrigindo, revisitando. Só confiava na empolgação que sentia e em minha dedicação ao trabalho em si. Não no resultado final. Não acreditava que pudesse produzir algo que afetasse ou inspirasse os outros.

"Como pode ser uma artista se você nunca deixa que as pessoas vejam nenhum de seus quadros?", ele me perguntou. "Precisa do espectador tanto quanto eles precisam de você. Caso contrário, o que você faz não é arte."

Eu tinha sim essa ambição remota escondida em algum lugar, suponho, de que houvesse uma possibilidade de produzir algo a que alguém reagisse. Mas nunca disse isso a ele. Nunca disse a ninguém. Mesmo sozinha agora, envergonha-me pensar que tive esperanças de que isso acontecesse.

Uma semana depois da morte dele, peguei minha caixa com minhas esculturas de cerâmica. Retirei uma e coloquei a meu lado. Ainda está ali. Foi a primeira escultura que fiz na vida. Seu amadorismo sempre me constrangeu. A estatueta de argila é uma pessoa com a cabeça virada de lado.

Pego-a, examino, passo o polegar nela. Nunca teria admitido a ninguém, mas fazê-la foi uma emoção e tanto.

Começo a perder a intimidade de minhas lembranças. A maioria de minhas lembranças deixou de parecer minha. Não acredito nelas de corpo e alma como antigamente, e elas não têm o mesmo peso que tinham no passado.

É triste. É triste como vivo. A clareza não deveria vir com a idade e a experiência? Se eu tivesse mais tempo, poderia fazer mudanças. Poderia aprender mais. Poderia trabalhar mais, pintar mais. Poderia ser melhor do que sou. É disso que mais me arrependo. Saber que poderia ter sido uma pintora melhor e mais realizada, mas agora é tarde demais. Tudo se resume a não ter tempo para tanto. Queria poder voltar no tempo.

Apago o abajur. Incapaz de dormir, começo a cantarolar uma cantiga de ninar.

S INTO QUE MAL DORMI. Tenho os lábios rachados. Toco-os com o dedo enquanto vou à sala de estar. Deixei a TV ligada na noite passada. Está no mudo. Sento na poltrona e aumento o volume. O som fica alto. Estreito os olhos para a tela. É um programa sobre natureza que fala de insetos e outras criaturas pequenas.

"As pequenas e velhas abelhas. Não damos importância a elas, mas a verdade é que têm inteligência suficiente para praticarem a matemática", diz o locutor com uma voz grave e tranquilizadora.

Vejo as abelhas mínimas extraírem pólen de uma flor vermelha. Eu me levanto, volto a meu quarto e vasculho o closet até encontrar o que procuro: um velho jogo de tintas a óleo. Ainda ouço a televisão daqui dessa distância.

"As abelhas entendem matemática e podem até solucionar enigmas simples com base na aritmética elementar..."

Nunca entendi matemática. Não é assim que meu cérebro funciona. É todo um mundo que nunca pude habitar.

O estojo está amassado e empoeirado. Seguro o jogo por um momento, perguntando-me há quanto tempo o tenho. Eu me sento e abro uma das bisnagas. A tinta secou, está inutilizável. Não pinto há anos. Curvo-me e pego uma de minhas telas no canto, encostada na parede.

É um retrato inacabado, um dos últimos em que trabalhei. Não reconheço a pessoa retratada. Quem seria? Alguém de quem devo ter sido próxima. Uma amizade de infância? Não sinto mais nenhum vínculo com esta tela. Nada.

Como pode acontecer isso?

OUTRO DIA VEM E passa. Outra noite a suportar em minha cama. Uma batida leve e quase imperceptível na parede. Só uma. É uma batida delicada, mas me assusta. Quantos dias se passaram desde que comecei a ouvir esses sons? Dois? Três? Uma semana?

No escuro, a batida parece de alguma forma dirigida a mim, como se a pessoa do apartamento vizinho, acho que o homem, estivesse tentando me dizer algo, alertar-me de alguma coisa. Inclino-me e respondo com outra batida, bem de leve. Não ouço nada. Bato de novo, com mais força. Espero, torcendo para ouvir uma resposta, quando um ponto seco em minha garganta me faz tossir. Sinto cócegas e, apesar de forçar-me para continuar em silêncio, a sensação só piora.

Calço os chinelos e, mal chego à cozinha, sou acometida por um acesso persistente de tosse. Eu me apoio na bancada, o corpo recurvado. Quando o acesso enfim melhora, cuspo na pia. Um fio de saliva fica pendurado no lábio inferior.

Tem uma única batata na bancada da cozinha. Deixei-a ali há semanas, talvez meses. Eu a pegara para assar. Agora está brotando. Há vida aprisionada naquela simples batata dormente. Aquele brotinho vai continuar crescendo, e seguirá na direção da janela e da luz quanto mais crescer.

Nesta manhã mesmo, enquanto preparava um chá, ouvi uma entrevista no rádio com uma professora, uma bióloga especialista em plantas. Isso me fez pensar em meu pai. Ele era tão fascinado pela natureza e a biologia. Quando eu era criança, ele me contava pequenas coisas sobre árvores e plantas, como eram extraordinárias, como eram duráveis e resistentes. Fiquei ao lado do rádio e aumentei o volume, pensando em papai.

A bióloga falava de uma experiência com duas plantas crescendo juntas e como era possível que as células de cada uma acabassem coletando uma quantidade significativa de DNA da outra. Era fascinante. Ouvi, hipnotizada. Ela passou a explicar como as transferências horizontais de genes não eram anormais em bactérias, fungos e até em plantas. Acontece quando o organismo passa material genético a outro que não é de sua descendência.

UMA PLANTA BUSCA A vida a todo custo. Decido que devo anotar o que ela disse.

Transferências horizontais de genes.
Busca da vida a todo custo.

Justo quando estou baixando o lápis, o telefone na parede toca, o que me assusta. Raras são as vezes que ele toca e nunca tão tarde assim. Meu telefone fica perto de uma janela e para de tocar quando me aproximo dele. Fico ali olhando a rua escura. Duas pessoas passeiam com um cachorro; carros passam.

Antes de me virar, noto uma figura do outro lado da rua. Uma pessoa de chapéu e casaco. O rosto está encoberto. Ao contrário dos outros pedestres e dos carros que passam, a figura está inteiramente imóvel.

Chego mais perto da janela.

A figura não se mexe. Como alguém pode ficar parado desse jeito, tão perfeitamente inerte, tão fixado?

Parece estar olhando fixamente para a minha janela. Para mim. Não consigo ver seu rosto. Há uma calma em sua postura. É imperturbável. Então por que isso me deixa pouco à vontade? Por que me aterroriza? Sinto-me observada, violada.

Afasto-me da janela, escondendo-me. Fico esperando que as luzes dos faróis dos carros na rua passem e não iluminem mais a parede. Crio coragem e volto à janela.

Mas, quando faço isso, a figura na rua não está mais ali.

ESTOU PARADA COM MEU cardigã largo com as mangas enroladas, recurvada sobre um de meus retratos inacabados. Sei que é um trabalho meu. Estou certa disto. Mas não sinto nenhuma ligação com ele, nenhuma vinculação. Olho fixamente, sem sentir nada. Uma batida alta e abrupta na porta provoca-me um sobressalto.

Vou até a porta da frente e espero por outra batida antes de espiar pelo olho mágico: um homem careca de uniforme azul, segurando uma maleta de ferramentas.

— Sim? — digo, através da porta trancada.

— Vim fazer a verificação de manutenção.

— Não pedi para vir ninguém.

Vejo que ele revira os olhos.

— Está marcado há semanas — diz ele.

Não sei mais o que fazer, então abro o ferrolho, a corrente e permito sua entrada. Ele coloca a maleta de couro no chão e olha a sala.

— É uma revisão de rotina. Estamos fazendo isso em todos os apartamentos.

— Mike devia ter me contado isso — digo. — Eu devia ter sido avisada com antecedência.

— Ele devia ter avisado todo mundo.

— Bom, a mim não avisou! — rebato bruscamente.

Ele tira algumas ferramentas da maleta.

— Tem alguma tomada no seu quarto?

— Ao lado da cama — respondo. — E uma no closet. Mas por favor, não toque em nada ali.

— Pode deixar — diz ele. — Volto logo.

Ele me deixa parada na sala de estar. Aproximo-me mais da parede e escuto aquele estranho trabalhando no meu quarto de dormir. Ouço uma furadeira e algumas pancadas. Quando ele volta, guarda seu equipamento.

— Vejo que ainda usa aparelhos de aquecimento — diz ele. — Estão funcionando bem? Está meio frio aqui.

— Os radiadores?

— Sim.

— Estão funcionando. Era você? — pergunto. — Na noite passada. Era você na rua?

Ele interrompe o que está fazendo e me olha.

— Na rua?

— Era você, lá fora... me observando?

— Só vim aqui trocar suas tomadas — diz. — Não quero problemas.

— Você já foi ali? — pergunto, apontando para a parede que separa meu apartamento do vizinho.

— Verifiquei aquela unidade antes de vir na sua.

— Falou com eles?

— Com quem?

— Os inquilinos.

— Não mora ninguém ali. Está desocupado. Escute, ainda tenho de passar por outras unidades do prédio.

Sinto meu rosto ruborizar.

— A senhora está bem? Vem alguém aqui ver como a senhora está de vez em quando?

Não respondo prontamente.

— Eu... estou bem — digo.

— Tá legal. Se cuide.

Depois que ele vai embora, sigo seus passos até a porta e a abro, o bastante para ver por uma fresta. Observo que ele atravessa todo o corredor. Não para em nenhuma das outras portas. Chega ao final do corredor, espera pelo elevador e sai sem olhar para trás.

Lembro que não pedi a identificação dele em momento nenhum. Era o que eu devia fazer se aparecesse alguém aqui sem ser convidado. Ajoelho-me no chão do quarto, examinando uma das tomadas recém-instaladas. Parece ser a mesma. Não há uma diferença evidente. Será que ele trocou mesmo alguma coisa?

Se não trocou a tomada, por que veio no meu apartamento? O que ficou fazendo no meu quarto?

ESTOU NO CHÃO COM um rolo de fita adesiva; a única coisa com cola que consegui encontrar. Posso sentir o suor porejando na testa. Coloco um pedaço da fita na tomada nova. Depois outro. Coloco fita suficiente para cobrir completamente a tomada. Todas as tomadas agora estão cobertas, todas as que não estão em uso.

Eu me levanto e vou à cozinha. Não estou com fome, mas acho que hoje ainda não comi nada. Encontro minha última lata de sopa vermelha, que consigo abrir sem problemas e derramar em uma panela no fogão. Encho a lata vazia com água e acrescento na mistura. Enquanto espero a sopa esquentar, a única lâmpada da cozinha começa a piscar, depois se apaga.

Eu não havia notado o quanto estava escuro lá fora. Olho para a lâmpada. Empurro uma cadeira e a coloco bem abaixo dela. Eu não devia fazer isso. Sei que não devia. Deveria esperar e pedir que Mike fizesse.

Subo na cadeira, devagar, e com muito esforço coloco um pé no encosto. Estou estendendo a mão para a lâmpada, meu braço na frente do rosto. Não parece ser meu próprio braço, mas o de outra pessoa. Estou tão perto. Quase a ponto de tocá-la. Perco o equilíbrio e caio no chão, batendo a testa na bancada.

O ar é arrancado de mim. Não consigo respirar.

Tento virar de lado. Uma dor aguda na testa. Fico deitada no chão. Ouço a sopa borbulhar no fogão, chiando.

LEVO UM MINUTO PARA perceber que ainda estou no chão da cozinha. Não sei quanto tempo fiquei ali. O lado do corpo está dolorido do chão duro. Devo ter perdido a consciência. Por quanto tempo? Consigo mexer os braços e as pernas, mas parece que não posso me levantar.

Levo a mão à cabeça. Minha testa está cortada e sangra de um único talho. Fecho os olhos, descansando a cabeça nas mãos, rendendo-me à dor.

Q UANDO ACORDO DE NOVO, não sei quanto tempo fiquei apagada. Horas?

Minha cabeça lateja. Levo a mão à testa e sinto que o sangue secou. A cozinha está às escuras. Deve ser de madrugada. Sinto cheiro de sopa queimada. Não apaguei o fogo. Olho em volta. Ainda estou sozinha, mas de repente vejo... movimento.

Meu quarto fica de frente para a cozinha e a porta está fechada. Acho que vejo uma movimentação sutil pela fresta ao pé da porta, de dentro do quarto. Espero. Sem dúvida vejo uma mudança na luz, como se alguém estivesse andando em meu quarto.

Tento me levantar de novo, mas não consigo. Deixo-me cair sobre o peito. Fecho os olhos com a maior força que consigo. Eu devia pedir ajuda. Devia gritar para a pessoa que está em meu quarto.

Mas estou apavorada demais. Quem é, e por que está aqui? Acho que não está aqui para me socorrer. Se estivesse, a essa altura já não teria me visto? Procuro não fazer barulho nenhum que possa chamar a atenção. Começo a me arrastar da cozinha para o corredor. Preciso fugir de quem está em meu quarto.

Ouço o rangido de uma porta se abrindo, a porta de meu quarto, e depois um passo leve. Um salto alto, ao que parece. Depois outro passo, vindo em minha direção.

Não olho para trás. Continuo me arrastando até que fico entre a cozinha e a sala de estar. Quero continuar me arrastando até encontrar-me em segurança, mas não consigo. A dor é forte demais. Estou exausta. Fico deitada de bruços e fecho os olhos.

QUANDO ABRO OS OLHOS, vejo a silhueta nebulosa de um homem pairar sobre mim. O ambiente está à luz do dia. Eu o conheço. Meu senhorio, Mike. De barba por fazer, uma camiseta branca, como sempre. Era ele que estava em meu quarto? Quando foi isso? Ele está curvado sobre mim, falando, mas suas palavras soam abafadas e distantes.

— Penny... Ei, Penny? Está me ouvindo?

Ele põe a mão em meu ombro.

— Mas que droga, Penny. Não faça isso comigo.

Abro mais os olhos e tento virar de lado.

— Que bom — diz ele. — Isso é bom. Você está bem. Vem. Vamos levantar você.

Parte 2

E STOU AFIVELADA NO CARRO fedorento de Mike, tento não me mexer nem tocar em nada. Entramos e saímos, sinuosos, de várias pistas de trânsito, arrancando, parando. O movimento em solavancos me deixa nauseada. Há o que parecem ser manchas de graxa na beira do meu banco. A neve em minhas botas derreteu sobre o tapete do piso.

Olho a rua movimentada, a cidade onde sempre vivi toda a minha vida. Levo a mão à testa e toco a casca da ferida resultante de minha queda. Ainda está sensível.

Passei décadas em meu apartamento, e foi só uma questão de dias para se livrarem de mim. Dias. Mike disse que a maior parte de meus pertences foi colocada em um depósito. Ele quis que eu ficasse na cama o tempo todo, descansando depois da queda, assim podia arrumar minhas coisas e despachar com mais eficiência. Contratou uma empresa de mudança para ajudar. Entre períodos de sono agitado, eu podia ouvir tudo isso acontecendo, mas não tinha poderes para impedir. Sacos de lixo e caixas sendo cheios, falatório, risos, fitas sendo cortadas, barulho de aspirador de pó, pratos sendo empilhados.

A certa altura, dois estranhos entraram para ver o ferimento em minha cabeça. Um deles disse que estava melhor e retirou o curativo.

As poucas coisas consideradas essenciais foram guardadas esta manhã. Não tomo um banho desde que caí.

— O que está havendo? — pergunto. — Para onde vamos?

— Sem essa, Penny. Já passamos por isso antes. Agora está na hora.

— Do que você está falando?

— Você sabe que não pode ficar sozinha naquele apartamento para sempre — responde ele. — É perigoso demais você ficar sozinha.

— Estou bem — digo. — Gosto de ficar sozinha.

— Você não está bem. Se eu não a tivesse encontrado, você poderia ter...

Com uma das mãos, ele pega uma pasta cheia de papéis que está no apoio para braço entre nós. Ele olha da rua para a pasta e volta a olhar a rua. Tira uma folha de papel da pasta e coloca em meu colo. É a foto de uma casa antiga, cercada de árvores.

— Você tem sorte. A maioria das pessoas na sua situação não tem alternativas. Ele me deu toda a papelada antes de morrer. Por sorte ele se preparou para isso. Vocês dois se prepararam.

— Como assim?

— Vocês dois planejaram para onde você iria. Ele disse que você escolheu este lugar por causa de toda a natureza em volta. Queria que você ficasse no apartamento pelo maior tempo possível, mas quando fosse demais...

— Demais?

— Quando fosse demais para você lidar com tudo sozinha, era para eu levar você para lá. Não se lembra? Vocês dois decidiram isso anos atrás.

— Onde? — pergunto, olhando de novo para a foto. Não reconheço o lugar. Não me lembro de ter decidido nada. — Uma casa? Uma casa de repouso para idosos? Não preciso disso. Não sou uma inútil. Não estou doente.

— Não é uma casa de repouso para idosos. É um lar que oferece cuidados de longo prazo. Deve ser bem legal. É um lugar pequeno. Tranquilo. Eles vão cuidar de você.

— Ele nunca me falou nada a respeito disso. Nem uma palavra. Eu me lembraria, se tivesse dito. Nem você falou. Por que não me contou antes? Devia ter me avisado. Não quero sair do apartamento. Lá é a minha casa. Por que ele não me contou sobre isso?

— Ele me disse que foi você que escolheu, Penny.

Sinto uma dor aguda onde a cabeça bateu na bancada.

— Na verdade é uma casa bem bonitinha, e se vocês não tivessem planejado tudo e feito um depósito, agora você estaria encrencada. Provavelmente estaria na lista de espera de algum outro lugar.

— Não quero que cuidem de mim. Quero ficar em paz. Você devia ter me contado, me dado algum tempo para me preparar.

— Penny, eu contei. É sério. Falei sobre isso algumas vezes.

Eu viro o rosto.

Pelo retrovisor, olho o banco traseiro. Duas malas, várias caixas, minhas telas: o essencial. Anos e anos, tudo reduzido a isto. Está calor. Tento abrir a janela, mas o botão não funciona. Olho para a esquerda, vejo o perfil de Mike, mas ele não me olha nos olhos. Está de olhos fixos na estrada, bem em frente.

DEPOIS DE SAIR DA cidade, deixo a cabeça tombar na janela em um protesto silencioso, vendo a rodovia de oito pistas se transformar em outra de quatro, depois apenas em uma estrada de duas vias. Nesse trecho, o terreno é mais acidentado, montanhoso. Árvores altas ladeiam a estrada. Morros e céu e nuvens. São as árvores o que mais chama a minha atenção. São tantas. São diferentes daquelas do parque perto do meu prédio. As árvores são tão altas aqui. Árvores que devem ser muito mais velhas do que eu. Eu teria de cortá-las e contar os anéis para confirmar a idade que tinham.

Não sei quanto tempo dura o silêncio entre nós, mas por fim o telefone dele interrompe a quietude com orientações: "Seu destino fica à direita."

Paramos no final de uma estrada estreita. Não me parece um destino. Parece uma viela suja que leva a uma floresta densa. Mike abre a janela. As primeiras coisas que ouço são o assovio leve de um passarinho que não reconheço e um silêncio natural que não creio ter vivido na cidade, nem mesmo no parque.

Mike engrena o carro e continua pela estradinha. Mais árvores dos dois lados. Tem árvores para todos os lados. A entrada de acesso leva a uma casa de pedra no alto. É grande, mais antiga do que parecia na foto, mas simples, nada de espetacular, com sebes grossas cercando as laterais. Tem uma placa verde e desgastada na frente que não consigo ler daqui.

Mike para no estacionamento e desliga o motor.

— Vamos — diz ele.

Não quero sair do carro. Quero voltar para a cidade, para o meu apartamento. Nem mesmo ligo para minhas malas. Ele pode jogar tudo fora, se quiser. Quero ficar sentada lá em minha poltrona. Quero me deitar na mesma cama de colchão calombento que conheço. Passo a mão no joelho ruim. Minha cabeça lateja.

Ele dá a volta até minha porta, ajuda-me a sair e segura meu braço ao seguirmos até a porta de entrada. Endireito os ombros o melhor que posso. O caminho até a porta é irregular e tenho de prestar atenção nos meus passos para não tropeçar. Agora estamos perto o bastante para que eu consiga ler a placa verde:

Residência Six Cedars

Tenho as palmas das mãos suadas. Um estalo se faz ouvir e a porta é destrancada. Mike a abre e olha para mim, atrás dele. Eu hesito.

— Chegamos — diz ele.

MIKE ME AJUDA A passar pela porta e entrar em uma sala de recepção. Passo do caminho de pedra para o chão de tábua corrida. É mais novo por dentro do que parecia por fora. Tem uma mesa de centro comprida com um buquê de rosas frescas e duas poltronas de couro. Mike chega mais perto.

Ouço música: o som fraco de um violino.

— Olá? — Mike chama.

Ele se inclina e bate os nós dos dedos firmemente no tampo da mesa.

Estou tentando apreender tudo, processar este lugar, quando ouço saltos altos descendo a escada de madeira à esquerda da porta. Aparece uma mulher de vestido vermelho. Eu diria que tem a mesma idade de Mike, talvez cinquenta? Ou talvez esteja mais próxima dos sessenta. É difícil de saber.

Ela para de frente para mim, sorridente.

— Você deve ser Penny — diz.

Ela é bonita. Sua voz é calorosa, sincera, acolhedora. Ela me estende a mão. Por instinto, eu a seguro. Suas unhas são perfeitamente cuidadas, pintadas da mesma cor do batom e do vestido.

— É um prazer conhecê-la — diz ela.

Trocamos um aperto de mãos, e, por um momento, não sei o que devo fazer, nem dizer.

— Meu nome é Shelley — diz a mulher. — Estávamos esperando por você.

Mike coloca a mala que está carregando no chão.

— Tem mais bagagem no carro — diz ele.

A mulher alta, Shelley, olha para ele.

— Você é o Mike, não é isso? Muito obrigada por cuidar de tudo.

Um gato grande está contornando os pés de Mike. Ele o enxota.

— Mandei a papelada para você. Está tudo certo, não?

— Sim, sim, tudo está correto.

— Há mais alguma coisa que precise de mim?

— Não, vamos ficar bem.

ENQUANTO A MULHER DIZ isso, aparece um jovem descendo silenciosamente a mesma escada que ela usou. É magricela, quase esquelético, mais baixo do que ela, e está de camisa e calça brancas como um funcionário de hospital.

— Jack pegará o resto das coisas dela no carro — diz ela.

Com um sutil movimento afirmativo da cabeça, Jack digita um código em um teclado ao lado da porta e vai até o carro, deixando a porta escorada. Mike baixa o tom, falando mais para a mulher, mas consigo ouvi-lo.

— Eu me sinto mal pela queda que ela teve, mas não sou responsável por cuidar dela o tempo todo. Tenho muito o que fazer lá. O plano era trazê-la para cá quando fosse demais. Foi o que eu fiz. Fico feliz por não ter acontecido nada pior.

A mulher sorri de novo.

— Você agiu corretamente — diz. — Agora ela está no melhor lugar para ela. É bem-vindo para visitar com a frequência que quiser.

Shelley, ainda sorrindo, avança um passo e aperta a mão de Mike. Suas mãos são elegantes, parecem fortes. São as mãos de uma mulher muito mais nova do que eu. São lindas. Não consigo deixar de olhá-las fixamente. Mike se vira para mim da porta aberta.

— Tudo bem. Então, a gente se vê depois, Penny.

— Aonde você vai? — pergunto.

— Preciso voltar ao trabalho. Você vai ficar aqui.

— Por que está fazendo isso?

Ele não responde e posso sentir seu alívio por se livrar de um aborrecimento.

Shelley espera até que Mike volte a entrar no carro e o motor seja ligado, depois se volta para mim, oferecendo o braço.

— Vamos, querida — diz ela. — Vou lhe mostrar o seu quarto.

S HELLEY ME CONDUZ POR um corredor estreito com piso de tábua corrida. O violino geme, um pouco mais alto agora do que ouvi na sala de recepção.

— Este que está tocando é o Pete — diz ela. — Você vai conhecê-lo. Ele é o que está há mais tempo conosco aqui. Não fala muito agora, mas ainda adora tocar.

Passamos por uma janela grande. Aproximo-me dela.

Só o que consigo ver são as árvores e o céu. Árvores até onde a vista alcança. Os galhos nus balançam suavemente no vento, como se acenassem.

— Lindo, não é? — diz ela. — Sempre adorei a natureza. É tão tranquilo aqui na floresta.

Shelley dá um passo na minha direção.

— Devido ao terreno em volta — continua ela —, aos morros e penhascos íngremes, não permitimos que os residentes saiam desacompanhados. É perigoso demais. Mas a vista de dentro é espetacular.

Continuamos andando pelo corredor e passamos por um nicho, uma pequena e aconchegante área de estar com um banco e duas cadeiras arrumadas com almofadas felpudas.

— Você tem acesso a toda a casa, Penny. Há uma espaçosa sala de estar comunitária, o nosso pequeno salão de beleza, e servimos todas as nossas refeições na sala de jantar original da casa. Reformamos completamente, mas foi construída em 1843.

Andamos lentamente, com cuidado, minha mão se apoiando em seu braço.

— Logo você vai se sentir em casa. Eu garanto — diz ela.

Uma tela pendurada na parede chama a minha atenção. Paro para ver. Eu a conheço. Reconheço-a.

— Temos muitas obras de arte por aqui — menciona Shelley. — Imaginei que você gostaria desta.

Uma natureza-morta, uma mesa cheia de comida, ostras, limões meio descascados, uvas.

— Jan Davidsz de Heem — digo.

— Você o conhece? — pergunta Shelley. — Acho que eu não devia me surpreender. É tão bom para nós termos uma artista morando aqui.

Ergo os olhos para ela. Ela sabe que eu pinto?

— Não fique tão animada — diz ela. — É só uma reprodução. Não é a tela real.

— Foi tudo tão precipitado. Eu não esperava estar aqui — digo. — Tenho meu próprio apartamento. Gostaria de ir para casa.

— Você passará por um período de adaptação. Mas vai nos conhecer. E para ser franca, sei que pode parecer estranho, mas eu me sinto como se já conhecesse você.

— Verdade?

— Sim, temos muitas informações detalhadas em nosso arquivo, e eu estava ansiosa para conhecê-la e poder acomodá-la. É muito bom que você enfim esteja aqui.

Agora me lembro do que Mike me disse. Que planejamos para quando este dia chegasse, que ele fez um depósito para que eu tivesse um lugar aqui. Que escolhemos esta casa porque ficava em um local tranquilo, fora da cidade, na natureza. E me pergunto, será que antes de morrer, ele realmente mandou informações minhas a ela, sobre minha vida? Eu sem dúvida não mandei. Ou terá sido Mike? O que ela pensa saber a meu respeito? Continuamos andando e chegamos a uma porta vermelha.

— E cá estamos.

Ela entra primeiro, mas eu hesito na soleira da porta.

— Não tem problema — diz ela. — Faça as coisas no seu tempo, Penny.

Entro no quarto. É limpo, bem iluminado. É aquecido. A cama grande deve ser queen size. Tem um edredom grosso e me faz compreender como minha cama de casal era modesta, a cama que dividi com ele por tanto tempo e depois tive só para mim. Tem uma poltrona reclinável em um canto, uma luminária, uma cômoda e uma mesa. Há uma janela grande na outra parede, dando para a floresta interminável.

Não está atulhado. Não tem poeira. Nem quinquilharias. Cada superfície é polida. Não é nada parecido com o meu apartamento. Na verdade, é bem o contrário.

— Bonito, não?

Ela tem razão. É bonito. Quase posso sentir um peso sair de meus ombros, não ter de pensar em objetos. Nem em lixo. Todas aquelas coisas exigiam obrigações e um dever. Ocorre-me que não serei responsável por nada disso aqui. Nem a arrumação, nem a limpeza. Nem lavar a roupa. Nem fazer compras. Não terei contas, nem lâmpadas para trocar. Não terei de tomar decisões.

Shelley me leva à poltrona, acomodando-me. É como se ela pensasse que não consigo andar sozinha, que sou tão delicada que posso cair de novo. Posso ter um joelho fraco e um machucado na cabeça, mas não preciso desse tipo de atenção. Não sou decrépita.

Esta poltrona não é nada parecida com a minha antiga. Deve ser nova em folha. Talvez eu seja a primeira pessoa a se sentar nela. Sinto que sou abraçada. O camarada magricela vestido de branco, Jack, entra no quarto, trazendo uma caixa com minhas coisas.

Vejo que ele pega algumas roupas, coloca na cômoda e no closet. Como elas foram guardadas na caixa? Foi Mike? Eu não fiz isso. Não me lembro de guardar nada. Mas minhas roupas estão aqui. Olho o quarto de novo. Nunca morei em um lugar tão bonito. Em toda a minha vida.

Jack sai e de novo fico sozinha com ela.

— Eu não pedi por isso — falo. — Posso me cuidar sozinha.

— Eu sei — diz ela.

— Então, por que estou aqui?

— Você nos escolheu, Penny. Com seu marido — responde Shelley.

— Nós nunca fomos casados.

— Você morou com um homem.

— Sim, morei, por muitos anos.

— Este é o último presente dele para você. Ele entrou em contato conosco e organizou tudo. Queria ter certeza de que você não tivesse nada com que se preocupar. Vocês dois tiveram uma precaução que muitos não têm.

— Ele pagou por tudo isso?

— Não precisa se preocupar com essa questão. A Six Cedars não é um desses lugares interessados em auferir grandes lucros. Fazemos isto porque adoramos cuidar de nossos idosos. É um privilégio.

— Por que Mike não me lembrou?

— Mike esteve nos mantendo atualizados sobre como você estava indo.

— Por que escolhemos este lugar? Por que não um lugar mais próximo da cidade?

— Porque somos uma instalação pequena e tranquila. Você adora a natureza, não é?

— Sim. Antigamente eu caminhava no parque perto do meu prédio.

— Então você tomou uma boa decisão. Vai adorar este lugar. Eu também moro aqui, no andar de cima. Jack também. Todos ficamos aqui juntos.

Jack volta com duas de minhas malas.

— Obrigada, Jack — ela lhe diz. — Vou buscar os outros para a reunião, se puder terminar aqui com a Penny.

Ele faz que sim com a cabeça, e Shelley sai.

— Até logo, Penny — diz ela.

Eu o observo trazer mais coisas, os braços tomados, inclusive a caixa com minhas telas. Ele as coloca no closet. Leva um momento para ver algumas pinturas, parando em duas em particular.

— ESTAS SÃO MUITO BOAS. É bom ver parte de seu trabalho — diz ele.
— Se precisar de alguma coisa, é só me chamar.

Estou em um quarto novo, com mobília nova, novos cheiros e um jovem que nunca tinha visto até dez minutos atrás. O que devo fazer? O que devo dizer?

— Não me lembro de ter escolhido este lugar — comento.

Jack para quando falo.

— Está tudo bem — diz. — Estamos felizes por ter você aqui.

— Eu não ando dormindo bem — digo. — Já há algum tempo.

— Vai dormir bem aqui — replica ele. — Acho que vai dormir muito bem. Todo mundo dorme. Shelley quer que tudo seja o mais confortável possível.

A voz dele é esganiçada, fina como seu corpo.

— Aquelas telas que você estava olhando. Não estão acabadas — digo.

Ouvimos uma gargalhada vinda de algum lugar. É ruidosa — um guincho agudo, seguido por palmas e gritos.

— Parece que os outros estão prontos para conhecer você — diz ele.

JACK ME AJUDA PELO caminho, como fez Shelley, segurando meu braço. Acabamos de nos conhecer, mas me sinto à vontade andando com ele desse jeito. Sinto-me segura. Protegida. Sinto minha cabeça se virar de um lado para outro, para cima e para baixo, enquanto tento assimilar tudo: o chão, as paredes, o teto, as janelas, a mobília.

O interior desta casa engana. Não faz sentido. Por fora, parece antiga, grandiosa, palaciana, chega a intimidar. Mas agora, por dentro, quando se anda pelo corredor, parece íntima, encantadora, aconchegante.

— Quem é a mulher alta? — pergunto.
— Shelley?
— Sim. É a senhoria?

Quando ele sorri, vejo que lhe falta um dente no lado, perto do fundo.

— É a diretora. Aqui era uma antiga casa de família, mas ela a converteu na Residência Six Cedars. É o trabalho da vida dela. Ela é muito inteligente e apaixonada por cuidados com idosos.

Na verdade, é formada em algo tipo química orgânica ou biologia. Ela tem muitas teorias sobre os cuidados de longo prazo, sobre viver a melhor vida pelo maior tempo possível. Estamos em boas mãos.

Chegamos à entrada de uma sala de estar espaçosa e iluminada. Quando vejo as cadeiras e as outras pessoas, fico paralisada. Jamais gostei de falar em público. Jamais gostei de me apresentar, falar sobre mim, explicar aos outros quem sou.

— Venha — diz ele. Ele se inclina e sussurra. — Todos estão loucos para conhecer você.

TRÊS PESSOAS, TODAS VELHAS, como eu, sentadas em um semicírculo espaçado em volta de Shelley. Tem uma cadeira vaga esperando por mim. Shelley gesticula para que eu me aproxime.

— Penny, chegou bem na hora. Entre, por favor, entre.

Agarro-me ao braço de Jack enquanto ele me leva ao círculo. Estou feliz por ele estar comigo.

Só uma pessoa entre os outros residentes, uma mulher de cabelo curto, do mesmo estilo que eu usava quando tinha vinte e poucos anos, vira-se para mim. Os outros não se mexem. Fico aliviada. Não quero atenção, nem estardalhaço. Detesto holofotes.

A mulher de cabelo curto coloca uma das mãos em formato de O no olho, como quem olha por um telescópio. Acena para mim com a outra mão.

Embora eu me preocupe com o que virá depois disso, como será aqui, o que será esperado de mim, é tranquilizador ver outros que se parecem comigo, têm a minha idade, são meus contemporâneos.

Jack me leva até a única cadeira vaga e me faz sentar.

— Obrigada — diz Shelley a ele.

Ele assente e sai da sala.

Olho para os outros rostos velhos à minha volta. Junto com a mulher de cabelo curto, ali estão outros dois, ambos homens — um careca gorducho e um cavalheiro elegante de gravata e paletó de tweed. Seu cabelo branco está perfeitamente penteado. Embora esteja sentado, dá para saber que é alto. Tem um rosto comprido, enrugado e triste.

— Quero que todos vocês conheçam a Penny.

Aceno para ninguém em particular.

— *Bonjour, madame* — diz a mulher de cabelo curto. — É um prazer vê-la e conhecê-la. Você é adorável. Muito bonita. Quantos anos tem? Não precisa responder. Sei que é uma pergunta grosseira. É injusto perguntar isso tão cedo assim. Ignore a pergunta, pode me ignorar também, se quiser. Você agora é uma de nós. É isto que importa. Uma de nós.

Nenhum dos homens diz alguma coisa, talvez porque não queiram competir com a faladeira, mas o homem de cabelo branco e gravata assente e sorri.

— A Ruth aqui é nossa especialista em idiomas — diz Shelley. — Sabe falar francês, latim e algumas outras línguas também.

— Um pouco de grego — acrescenta Ruth. — Mas principalmente francês. Há muito o que aprender com cada língua. Todas são tão interessantes. As línguas estão morrendo no mundo todo e isto é uma tragédia. Mas o francês tem algo de especial.

— Aprender línguas faz bem ao cérebro — diz Shelley. — E é bom falar.

— É como comer peixe — diz Ruth, tocando a têmpora. — Faz bem ao cérebro. — Ela me olha. — Penny. Pennies, "Pennies from Heaven". Estivemos esperando por você.

— E este é Hilbert — diz Shelley, interrompendo e apontando para o homem de gravata. — E o outro é Pete.

O careca. Uma baba escorre pelo canto de sua boca. Pete parece o mais velho de todos nós. Muitos anos mais velho. Ele nem mesmo me olha nos olhos, mas Hilbert sorri de novo e assente, o que me relaxa.

— Costumamos nos reunir assim na maioria dos dias, Penny, para conversar, saber como estamos.

— Adoramos conversar — diz Ruth.

— Alguns de nós mais do que os outros — replica Shelley, erguendo as sobrancelhas. — É uma oportunidade para trocar ideias, compartilhar, cantar uma música, rir, contar uma história, discutir alguma novidade.

— Podemos contar a história que quisermos — diz Ruth.

— Em geral, isto é verdade, Ruth — retruca Shelley. — Antes de você chegar, Penny, Hilbert estava nos falando sobre...

— Aproximação por frações — diz Hilbert.

Sua voz é calma, grave, firme. Gosto daquele som.

— Às vezes preferimos simplesmente dormir — diz Ruth.

— Pete dá ótimos concertos de violino — comenta Shelley.

— Ninguém se importa com as frações? — diz Hilbert. — É um número, mas ele representa uma parte do todo. Eu sou uma fração. Penny, você também é.

Shelley ri, mas fica imóvel. Sua postura é rígida. Ela não alisa o vestido, nem belisca as unhas. Mantém as mãos juntas à frente.

— Não queremos ser excessivamente técnicos, Hilbert — repreende Shelley, olhando-o.

— Frações e fragmentos são maravilhosos — diz Ruth. — Conversar é maravilhoso. Ficar juntos é maravilhoso.

— Isso mesmo. Conversar pode ser terapêutico — concorda Shelley. — Diga-nos, Penny, você sempre morou na cidade?

— Sim, a minha vida toda.

Até hoje, penso. Até este exato momento.

— É emocionante pensar que tudo isso será uma experiência nova para você.

— Uma aventura! — diz Ruth.

A palavra me enche de ansiedade. Não quero viver uma aventura. De jeito nenhum. Quero ir para a minha casa. Quero tirar um cochilo. Essas pessoas todas se conhecem, estão acostumadas a morar juntas, mas não me conhecem. Eu não as conheço.

Todas elas são estranhas.

Volto a olhar para a porta e vejo o gato passar. Sua cor é igual à de Gorky, a gata que tive muito tempo atrás, uma bala de caramelo fofa com um rabo.

— Não se trata apenas de viver longe da agitação urbana — diz Shelley —, mas estamos aqui para olhar por você, cuidar de você. Isto será novo para você também, creio. Ser mimada e paparicada. Você vai se adaptar bem.

Ruth está prestes a falar, mas cobre a boca. É como se percebesse que não devia verbalizar o que estava prestes a dizer.

— E como agora temos todos os nossos quartos ocupados, e estamos operando em plena capacidade, quero contar a todos vocês que estivemos planejando dar uma festinha.

Todos os quartos estão ocupados? Somos só quatro. Seis, se contarmos Shelley e Jack. Acho que nunca ouvi falar de um lar para cuidados de longo prazo com apenas quatro residentes. Eles estavam reservando aquele quarto para mim?

— Somos só seis em toda a residência? — deixo escapar.

Agora todos os olhos estão voltados para mim. Eu não devia ter dito nada.

— Somos, cada um de nós, um sexto. Uma fração do todo — diz Hilbert. — Somos 0,16666666...

— Eu sou uma — digo.

— Gosto de uma escala modesta. Minha visão sempre foi manter este lugar pequeno, íntimo, onde todos realmente possam se conhecer — diz Shelley. — As instalações grandes são impessoais demais e parecem hospitais decadentes. Têm um cheiro ruim. Ficamos felizes esperando por você, Penny. É muito mais fácil manter um lugar deste tamanho, do jeito que considero importante, de um jeito humano. Ninguém pode deixar de receber atenção. Somos uma comunidade.

— Então... uma... festa, você dizia? — pergunta Hilbert, cético.

— Parece divertido! — diz Ruth, aplaudindo. — *En français: une fête!*

— Sim, é algo para se aguardar com expectativa — diz Shelley.

— *Très bien.*

Hilbert olha-me nos olhos, inclina-se para mim.

— Gosta de festas?

— Antigamente eu gostava — digo. — Mas já faz algum tempo que não vou a uma. Muito tempo.

Jack aparece à porta, coloca a cabeça pelo canto.

— O jantar está pronto — anuncia.

— Que bom — diz Shelley. — Muito bem, todos vocês. Hora de comer.

SAÍMOS EM FILA, UM de cada vez, de volta pelo corredor estreito até a sala de jantar, que não é grande como a sala de estar comunitária. Tudo está acontecendo rápido demais. Eu já estava começando a me acomodar na cadeira, a me sentir ligeiramente à vontade, e agora me vejo andando de novo, em movimento.

As janelas da sala de jantar também dão para as árvores, para a floresta. Nada mais é visível daqui. Tem uma mesa quadrada de quatro lugares no centro, com uma cadeira colocada em cada lugar. Jack me conduz à minha. Os outros já estão se sentando.

— Você pegou a última cadeira, Pennies — diz Ruth. — Agora sim parecemos uma mesa completa.

Não me dou ao trabalho de corrigi-la. É só *Penny*. Uma só. E não *Pennies*.

Hilbert ergue os olhos. Tem um brilho caloroso no olhar, como se tivesse uma piada que quisesse contar só para mim. Um prato de comida fumegante é colocado na minha frente. Os outros pratos são trazidos e cada um deles tem exatamente a mesma porção de carne, batatas assadas e legumes. Tenho certeza de que não vou conseguir comer tudo. A carne está coberta por um molho escuro. Não como molho de verdade há anos. Não consigo evitar. Mergulho o dedo mínimo na beira do prato e levo à boca. Está quente e é sedoso. Um sabor intenso, forte, satisfatório.

— Gosta de peixe? — pergunta Ruth.

— Esta noite é carne bovina, mas costumamos ter muito peixe — diz Hilbert.

— Às vezes, frango — Ruth se intromete. — Costeletas de porco com molho de maçã. Filé. Creme de milho. Salada grega. Torta de carne inglesa. Espaguete.

— Mas o peixe é superior a tudo isso — diz Hilbert.

— Não tenho muito apetite ultimamente — replico, mas sinto o estômago roncar de expectativa.

Pete pega os talheres e começa a comer. Ele parece estar quase dormindo. Tem a mesma expressão na cara desde que cheguei. Olhos pesados e entreabertos. Nenhum sorriso ou sinal de reconhecimento. Ruth está levantando o garfo, mas fala demais para começar a comer.

— Podemos beber vinho no jantar, se quisermos — diz ela. — A regra é uma taça só por dia.

— E infelizmente tomei a minha no almoço — comenta Hilbert.

Aposto que Hilbert é o tipo de homem que encontra conforto em regras, ordem e estrutura. O que será que ele fazia antes de vir para a Six Cedars? Fico me perguntando por que ele veio parar aqui.

— É melhor deixar que ela coma — diz Jack, do outro lado da sala. — Ela prefere comer a falar de comida.

Ruth enfim pega um pedaço de carne no garfo e põe na boca. Aproveito a oportunidade para fazer o mesmo.

Hilbert tinha razão: é carne bovina. Mas é diferente de qualquer carne que eu já tenha comido. É tenra e tem um sabor agradável que nenhuma de minhas refeições em casa possuía. A carne bovina nunca foi das minhas preferidas. Eu achava borrachuda, com gosto de minerais. Mas esta é deliciosa. Não consigo deixar de fechar os olhos de prazer. Estou comendo uma refeição que não é sopa vermelha, nem torrada com queijo. Minha boca saliva enquanto mastigo e engulo.

Quando abro os olhos, volto-me para Hilbert. Está usando seus talheres meticulosamente, baixando a faca a cada vez, antes de levar o garfo à boca. Ele limpa uma mancha de molho no canto da boca com o guardanapo. Suas unhas são limpas e bem aparadas.

Regras, ordem, estrutura e higiene.

Apesar do meu nervosismo anterior, é tranquilizador ver um grupo de velhos, de meus pares, comendo juntos. Não só comendo, mas saboreando a comida. Não compartilho uma refeição com alguém há muito tempo. Nem lembro quando foi. Todos os meus jantares festivos pareciam de outra vida. Comer junto com os outros, conversar, olhar nos olhos, é uma parte muito fundamental de ser uma pessoa. Um ritual diário.

Eu sentia uma terrível falta disso sem nem mesmo perceber.

— Uma taça de vinho? — pergunta Jack.

— Não sou mais de beber.

— Um pouco de vinho, sim, por favor — diz Ruth.

Jack meneia a cabeça.

— Não, Ruth, você não. Já tomou sua taça no almoço de hoje.

Ruth ri. Hilbert não fala nada.

— Na verdade, acho que vou provar um pouco — digo. — Por que não?

— Branco?

— Sim, claro.

Jack sai para pegar o vinho.

— É bom ter você aqui — diz Hilbert enquanto cata um farelinho na manga do paletó. — Nossa discrepância nos lugares à mesa finalmente está resolvida. Nossa pequena mesa parece completa. Agora há uma elegância na proporção. A simetria de quatro a uma mesa.

Olho cada rosto velho e enrugado a meu redor. Só posso supor que, como eu, suas mãos e seus dentes não estão em boa forma como antigamente. Mas estão todos felizes e com fome, mastigando e engolindo um bocado depois de outro. É um prazer, não uma provação.

Jack volta com o vinho. Coloca a taça na minha frente e retorna para a cozinha. Um instante depois de Jack sair, cheiro o vinho, tomo um golinho. É sutil, seco, excelente. Deslizo o restante da taça na frente de Hilbert.

— O almoço já foi há muito tempo — digo a ele.

Ele aceita a taça com um movimento humilde de cabeça e toma um gole. Ruth abre os olhos e a boca fingindo estar chocada, depois volta a rir.

Pete, sem se deixar distrair, alheio, continua a comer.

DEPOIS DA SOBREMESA DE torta quente de cereja, Jack me ajuda a voltar ao meu quarto. Apaga a luz do teto e acende o suave brilho amarelado do abajur.

— Obrigada — digo.

— Não há de quê, Penny — replica ele. — Precisa de mais alguma coisa?

— Não, acho que não.

— Boa noite — diz ele. — Durma bem.

Enquanto escovo os dentes e visto a camisola, sinto algo que não sentia há muito tempo. Sinto-me cuidada, bem tratada. Estou percebendo tudo que perdi nos últimos anos. Essas qualidades essenciais: sentir-se satisfeita, aquecida e parte de um grupo. Mesmo que não os conheça ainda, e não conheço, não posso deixar de me sentir energizada por isso. É uma sensação tão estranha. Pensei que jamais voltaria a ter algo parecido.

Antes de ir para a cama, paro junto à janela e olho lá para fora, tudo escuro. De pé aqui agora, tenho dificuldade para situar a sala de recepção em relação ao meu quarto, à sala de estar comunitária e à sala de jantar.

Minha bolsa está pendurada no encosto da poltrona e, de um de seus bolsos internos, retiro uma escultura de cerâmica que trouxe do apartamento. A primeira escultura que fiz na vida, com a cabeça virada de lado. Coloco-a na cômoda e viro minha cabeça de lado, imitando a posição.

Apago o abajur, tiro os chinelos e me deito de costas. Puxo o edredom pesado até o queixo. O travesseiro tem o tamanho exato e é firme o bastante para aninhar minha cabeça.

Faz silêncio.

Olho o teto branco, como costumava fazer na maioria das noites em meu apartamento. Talvez tenhamos decidido isso juntos. Talvez ele tenha me lembrado deste lugar, de seu plano para mim, antes de morrer. Acho que posso ter esquecido. Deve ter sido muito tempo atrás. Talvez eu não deva me aborrecer com isso. Eu devia desfrutar. Estou aqui agora. As pessoas são gentis. A comida é gostosa. Esta cama é confortável.

Aquela queda poderia ter me matado. Não tenho nada do que reclamar.

É uma aventura.

Rolo de lado, solto o ar e me entrego a um sono profundo e repousante.

O SOL SE derrama pela janela. Sinto no rosto um ponto úmido no travesseiro. Devo ter babado. Que horas são? Esfrego os olhos. Não consigo me lembrar da última vez em que dormi a noite toda. Sem idas ao banheiro. Sem ficar me revirando. Estou na mesmíssima posição de quando adormeci.

Uma leve batida na porta.

— Bom dia, Penny. Sou eu — diz Jack, entrando no quarto.

Ele está com as mesmas roupas de ontem. Calça e camisa brancas. Jaleco. Uma pilha de toalhas imaculadas dobradas nos braços.

— Passei para lhe trazer isso.

Ele entra no banheiro e volta de mãos vazias.

— E então, dormiu bem?

— Sim — respondo, jogando as pernas para fora da cama, levantando a mão para coçar a cabeça. — Muito bem. Nem acredito nisso. Acordei agora mesmo.

— Que ótimo. Você parece descansada — diz ele.

Meu cabelo está gorduroso e desgrenhado, parece um ninho de passarinho.

— Quando foi a última vez que escovou o cabelo? — pergunta ele.

— Não sei — respondo.

Devo estar pavorosa. Preciso de um banho.

— Vou dar uma escovada rápida — diz ele.

Retraio-me quando ele me toca. Reluto mas cedo, fechando os olhos. A cada escovada, sinto-me ceder um pouco mais. Cedendo a ter outra pessoa escovando meu cabelo. Cedendo a este lugar. Esta casa. À comida. Aos confortos. Ao quarto silencioso e à cama aquecida.

— Dormi a noite toda — digo. — Isso nunca acontece. Uma noite sem sonhos. Só um sono profundo e repousante.

Ele tem um toque suave e escova com muita delicadeza.

— Lamento por sua queda — diz ele. — Deve ter sido assustador.

Quando ele diz isso, volto a ter consciência do machucado na cabeça. A casca de ferida. Só voltei a pensar nisso agora.

— Não entendo o sentido de envelhecer — digo.

— Traz muitas mudanças, não é? — pergunta ele.

— Há bons motivos para todo mundo ser obcecado por continuar jovem. Você tem sorte por ainda ser novo. E agora, por mais que eu queira fingir que está tudo bem, sei que não está. Meu joelho está piorando. E minha memória começa a falhar. Passei a me esquecer das coisas.

— Sinto muito, Penny — diz ele.

— Comecei a escrever bilhetes para mim mesma, para ajudar a me lembrar. Às vezes fico meio confusa.

— Ficará melhor aqui.

— Melhor? Não, aí é que está o problema. Sou velha demais para melhorar. Sou velha demais para qualquer coisa.

— Isso não é verdade. Você dormiu melhor, não foi?

Meus olhos desviam para o porta-retratos que está na cômoda ao lado de minha escultura de cerâmica. É a foto dele. Não sei por que a trouxe. Podia ter deixado no apartamento. Eu pretendia deixar lá. Será que Mike colocou em minha bolsa? E eu tirei dela?

— Quem é aquele? — pergunta Jack, notando meu olhar.

— É ele — digo.

— O homem com quem você morava? Ele era artista, não era?

— Sim. Mas ele não acreditava no casamento. Era tradicional demais para ele. Acho que não acreditava em muita coisa. Ele tornou-se muito cético, e no fim procurava aprovação onde pudesse encontrar. Só queria se enquadrar. Não sei por que isso me incomoda tanto. Mas incomoda.

— Os relacionamentos são complicados — diz ele. — Assim como as famílias.

Sinto que ele está prestes a se explicar melhor, me contar mais da própria vida, mas em vez disso continua a escovar.

— Pronto — diz ele ao terminar, recuando um passo, segurando a escova de lado. — Assim está melhor. Ainda tem um cabelo muito bonito e macio. Venha. Vamos tomar o café da manhã. Você deve estar com fome.

EU ESTOU COM FOME. Estou faminta.

Sinto o estômago roncar ao seguirmos pelo corredor. Há anos que faço minhas coisas sozinha, mesmo enquanto o joelho piorava, sempre andando para fazer minhas compras, mas depois de um dia nesta casa parece normal me apoiar em Jack. É um alívio. Olho nossos pés ao andarmos no mesmo passo. Seus tênis brancos parecem novos, como se nunca tivessem sido usados lá fora.

Quando viramos à esquerda, na direção da sala de jantar, as luzes do corredor se acendem. Eles devem ter um sensor de movimento. Todo mundo já está na sala de jantar quando chegamos à entrada.

Olho primeiro para o lugar de Hilbert à mesa. Ele está absorto em um livro. Ergue os olhos quando me sento. Seu rosto se ilumina e ele me cumprimenta com um gesto de cabeça.

Noto que os outros já tomaram o café da manhã; talheres sujos e pratos limpos como que lambidos.

— Quis deixar que dormisse um pouco mais, Penny, então os outros comeram antes de você. Espero que não se importe.

— Claro que não — digo.

Pete está arriado na cadeira. Tira um cochilo pós desjejum bem ali à mesa.

— Outro dia agitado — diz Ruth. — Não há tempo a perder. Temos de ir na frente, sem você. Não podemos esperar mais. *Un autre jour.* Não há momento como o presente. Bom apetite, Pennies.

Tem uma mancha de gema de ovo em sua blusa. Ela se levanta, faz uma mesura, depois se afasta.

— Se eu ficasse por aqui, para lhe fazer companhia enquanto você come — diz Hilbert, deixando o livro virado para baixo e empurrando os óculos para a cabeça. — Tudo bem para você?

— Sim — digo, percebendo que ele devia estar esperando por minha chegada. — Eu gostaria disso.

Ele não considera Pete, em seu estado atual, uma companhia. Tenho de concordar. Imagino quantos anos teria Pete. Deve ser muito velho. Ancião. Mais de cem? É difícil saber o que há por trás daquele rosto inexpressivo e dos olhos cansados.

— GOSTO DO FORMATO DO seu rosto — diz Hilbert, sem mais nem menos. — Nunca vi bochechas como as suas.

Por instinto, levo a mão ao rosto.

Ninguém nunca comentou sobre minhas bochechas. É uma parte tão específica para ele notar e gostar. Meu sorriso, sim. Meu cabelo. Meus olhos. Mas ninguém jamais disse nada sobre minhas bochechas. Sei que ele está sendo sincero. Não sei o que responder.

— Antigamente eu adorava ler — digo. — Especialmente romances. Meu pai costumava me dar livros sobre biologia. E tenho uma coleção de livros de culinária. E livros de arte.

— Temos tempo para ler aqui — diz ele. — Temos todo o tempo de que precisamos.

— Não sei. Não é só do tempo que se precisa. O desejo parece ter me abandonado. Tenho dificuldade para me concentrar. Nunca pensei que perderia a capacidade de fazer algo tão simples como acompanhar uma história ou me concentrar nas palavras em uma página. O que está lendo?

Ele mexe no livro por um momento. Suas mãos são velhas, como as minhas, mas os dedos são elegantes e finos como os de um pianista.

— Humm, deixe-me ver... Chama-se...

Ele o levanta para que eu leia o título. Tenho de me inclinar para ver mais de perto.

Geometria não comutativa e teoria dos números: Onde a aritmética encontra a geometria e a física

— Acho que não conheço esse — digo.

Nós dois rimos. Pete ergue a cabeça, muito brevemente, mas não dá nenhum sinal de reconhecimento.

— Um dos autores é uma matemática maravilhosa, Matilde Marcolli.

— Acho que devo conhecer mais artistas italianos do que matemáticos italianos — digo. — Os nomes dos artistas costumavam significar algo para mim.

— Não significam mais?

— É difícil me importar do mesmo jeito — digo. — É impossível ficar tão empolgada para sempre.

— Para sempre é muito tempo. Antes eu lia sobre o infinito — diz ele —, então eu entendo. Quanto tempo é o para sempre?

— A ideia do infinito me deixa ansiosa. E desconfortável. Sempre deixou. Sou uma pessoa apreensiva, e qualquer coisa relacionada à eternidade me assusta.

— A não ser que pudéssemos viver eternamente — diz ele.

— Sim, e que Shelley se preocupe com todos os detalhes — digo.

— É verdade — diz ele, rindo. — Uma eternidade digna de torrada e ovos.

— Se pudéssemos permanecer jovens, não teríamos nada que nos angustiasse. Envelhecer é assustador.

— Sou matemático — diz ele. — Não me preocupo muito. Existem regras, limites e horizontes, mesmo que nós mesmos não possamos alcançá-los.

— Nunca fui boa em matemática — digo.

Hilbert aponta uma mancha de tinta antiga em minha manga que eu nem tinha notado estar ali. Cubro com a mão.

— Uma pintora — deduz ele.

— Não sou mais. Antigamente eu pintava. Mas nunca vendi uma tela na vida. Nem fiz um vernissage.

Ele me olha atentamente.

— Isso não importa. Você pinta. Você cria. Você pensa com independência. Você é uma artista.

Quando foi a última vez em que segurei um pincel?

— Nunca me considerei uma artista. Isso nunca teve nenhum impacto em meu trabalho. É só um rótulo.

— Espero que não se importe de eu chamá-la de artista. Eu nunca poderia fazer o que você faz — diz ele. — Acho maravilhoso e misterioso.

— Eu também nunca poderia fazer o que você faz — replico.

Ele sorri, principalmente com os olhos.

— Tenho de confessar — diz ele — que posso apreciar arte, mas nem sempre confio que estou entendendo o que o artista quis dizer.

— Não existe só uma coisa a entender. A arte a que estou acostumada é sobre camadas, uma transferência.

— Transferência?

— De alguma coisa que vivo, algo que sinto, para algo que sou capaz de produzir. Talvez faça os outros sentirem o mesmo. Talvez não. Não sei como explicar, se não for assim.

— Agora que disse isso, a matemática pura, a álgebra, a teoria dos números, na verdade isso é um sistema de transferência também. Uma solução provém de um cálculo.

— Mas não entendo disso — digo. — Não é como a minha cabeça funciona.

— Então acho que terá de confiar em mim — diz ele.

Sim. Eu confio nele. Uma espécie de confiança que não sinto há muito tempo: imediata, irracional, impulsiva.

Jack coloca o prato do café da manhã diante de mim. A comida está arrumada em uma carinha feliz. Dois ovos fritos como os olhos, um nariz de gomo de laranja, orelhas de torradas e um sorriso de bacon.

— E vou lhe trazer um chá — diz Jack.

— Obrigada — respondo.

Jack volta à cozinha.

— Certa vez, uma amiga me disse que o jardim dela parecia uma pintura em três dimensões — digo a Hilbert. — Entendi por que isso tinha apelo para ela, mas não me importava com três dimensões em meu trabalho. Eu já vivia em três dimensões. Era exatamente por isso que gostava de pintar. Eu queria tentar existir só em duas dimensões.

— Você se lembra de por que começou? — pergunta ele.

— A pintar?

— Sim.

— Cores. Comecei a pintar porque eu adoro as cores. Era simples assim. E gosto que as pinturas possam mudar.

— Suas pinturas mudam?

— Para mim, todas elas mudam — digo. — Foi o que quis dizer com transferência. No começo, tenho uma ideia para a tela, minha própria ideia, alguns sentimentos que tento transmitir, mas a certa altura parece que renuncio à posse dela, ou a perco, e depois ela é uma coisa que existe em si mesma. Fico vendo de uma forma diferente.

— O trabalho muda à medida que você muda?

— Sim, é isso. De verdade. Estou diferente, então minhas pinturas também ficam diferentes sempre que as vejo. É uma disrupção contínua ao longo do tempo. É puramente emocional. Minha perspectiva muda, e é disso que trata a pintura. Perspectiva e formas de ver. Espero que não pareça pretensioso demais.

— Não parece. De forma alguma.

— Todas as telas em que trabalhei agora me parecem diferentes. O que sinto quando as olho, se eu as olhar, se transformou desde que comecei. Eu não pensava nisso há muito tempo. Nem mesmo pinto nada há... — eu me perco na distância.

— Quanto tempo?

— Não sei bem. Não consigo me lembrar da última vez em que comecei algo novo. Ficou difícil demais começar. Duvido que volte a pintar — digo.

– VOCÊ TERIA ALGUM PROBLEMA com isso?

Penso na perspectiva de nunca mais pintar. Isto teria sido inaudito pela maior parte de minha vida. Teria parecido injusto, uma tragédia pessoal. Eu não teria aceitado.

— Não sei. Talvez não. Estou me sentindo diferente desde que cheguei aqui.

Ele sorri ao ouvir minha resposta.

— Ainda tenho muito trabalho a fazer.

— Você tem? — digo, torcendo para não parecer surpresa demais.

— Sim, o trabalho agora parece tão arraigado. Ainda mais desde que vim para cá. É quem eu sou, e ela quer que nós... Gosta que nós continuemos produtivos.

Eu não tinha notado, mas devo ter comido enquanto conversávamos. Meu prato está vazio. A única coisa que resta são os dois gomos de laranja.

— Se não for incômodo, gostaria de ver você um dia — diz ele. — Ver você pintar.

Tusso quando ele diz isso e viro o rosto. Jack entra para retirar meu prato.

— Mais chá?

— Não, obrigada — digo.

Ele coloca meus talheres no prato e o leva de volta à cozinha. E mais uma vez Hilbert e eu somos deixados no silêncio.

— Eu tinha medo de ficar velha. Pavor. Acho que ainda tenho. Tinha tanto medo de perder partes de mim e meu tempo se esgotar — digo. — Medo de esquecer.

Pete não disse nada. Esqueci-me de que ele estava sentado ali conosco, mas noto que ele agora olha para a cozinha, como se esperasse outro prato de comida.

— Chegar mais perto do fim o assusta? — pergunto a Hilbert.

— Por que uma coisa é assustadora? — diz Hilbert. — Só pode ser assustadora se for inescapável.

— Como nós chegando ao fim — falo.

— Nós estamos? — diz ele. — Pete ainda está aqui. Nós todos ainda estamos aqui. Shelley nos diz, dia após dia, que o segredo da longevidade é continuarmos otimistas e produtivos. Otimistas e produtivos. Otimistas e produtivos.

— Há quanto tempo você está aqui? — pergunto.

Mas Hilbert está olhando para Pete, que ainda encara a cozinha.

— Pete, quer alguma coisa da cozinha? — Hilbert lhe pergunta.

— Quer que eu chame o Jack? — pergunto.

Pete me olha com seus olhos pesados. Mas não responde.

Pergunto-me de onde ele vem. Pergunto-me no que estará pensando.

— Um homem de poucas palavras — diz Hilbert. — Não há nada de errado nisso.

— Em meu apartamento — falo —, eu passava semanas sem falar com ninguém. Mesmo quando ia ao parque para me sentar no banco. Muita gente passava por mim. Ou quando ficava na fila da loja.

— Ninguém fala com os velhos — diz ele.

— Somos invisíveis — replico.

Os dias solitários passavam um após o outro, após o outro. Uma vez vi um camundongo em meu apartamento. Parou no meio da sala e me encarou. Baixei os olhos para a pequena criatura. Não tive medo. Éramos só os dois ali no mesmo momento. Não gritei. Não reagi nem nada. Não me importei com isso. Se aquele camundongo continuasse a morar no meu apartamento, se se adaptasse, acasalasse, correndo por ali, comendo meus farelos, cagando no armário da cozinha, ou se ele morresse e começasse a apodrecer dentro da parede naquela mesma noite, eu também não me importaria. Não importava para mim. Vivo ou morto, ele estava ali, dentro da parede, e para mim dava no mesmo.

— Você está bem? — pergunta Hilbert.

— Desculpe-me. Só estava pensando.

— No quê?

— Que é diferente aqui. A comida. E a companhia — digo.

— Gosto disso. É bom.

JACK AJUDA PETE A se levantar e pergunta se posso voltar ao meu quarto sozinha.

— Claro que sim — digo a ele.

Já sei o caminho entre o meu quarto e onde comemos. Sinto-me revigorada de minha conversa com Hilbert. Que manhã. Tanta coisa aconteceu. Já. Parece que acabei de acordar. Tanto mudou para mim em tão pouco tempo. Sinto uma ligação se formando com os outros que moram aqui. Agora faço parte de um grupo, uma comunidade.

Entro no quarto e vejo a luz da janela se derramando em minha cama. Dou outro passo e, de repente, paro.

Sobre a minha mesa há um jogo novo de tintas e uma lata de pincéis.

Chego mais perto. Todas as minhas cores preferidas: azul ultramarino, ocre queimado, vermelho alizarina, vermelho cádmio. Meu peito se aperta enquanto fico parada ao lado delas. Alguma coisa dispara dentro de mim. Uma percepção de potencial há muito esquecida, a mesma sensação de muito tempo atrás.

Como essas tintas vieram parar aqui?

Estendo a mão, correndo os dedos de leve pelas bisnagas, depois pelos pincéis. Eu pintei quase a minha vida inteira. Na maior parte do tempo, a emoção da possibilidade de pintar me arrebatava. Era um prazer que eu sempre buscava, uma sensação que não conseguia encontrar em lugar algum. Um desejo.

Eu adorava começar um novo retrato. Para cada um deles, o processo começaria muito antes de eu dispor das tintas. Não contava a ninguém sobre isso. Primeiro, passava horas sentada no parque, desenhando o que visse. Às vezes essa fase durava semanas. Ele não entendia e perguntava por que eu passava todo o meu tempo no parque, em vez de pintar.

"Não importa o que diga a si mesma, desenhar no parque não é retratismo", dizia ele.

Mas para mim era. Era um passo vital. Eu não podia pular essa parte e não podia apressá-la. Desfrutava igualmente de cada fase de uma tela.

A não ser pelo término. Nunca conseguia acabar. Detestava tentar finalizar uma tela. Parecia tão definitivo. Costumava me perguntar se tinham mesmo de ser acabadas.

"É claro que sim", dizia ele. "Não pode começar um novo quadro sem terminar o anterior. Precisa aprender a tomar decisões e ser implacável consigo mesma."

Por que uma pintura não podia ser sempre uma obra em progresso? Por que não deixá-la permanecer em um desenrolar perpétuo? Manter aquela transferência contínua. Emoldurar uma pintura acabada em uma parede nunca foi meu objetivo.

Passos no corredor, e, em seguida, Shelley aparece à porta, intrometendo-se em meus devaneios. Não a via desde ontem. Há muitas coisas que eu podia contar a ela, sobre o quanto comi e como conversei com Hilbert.

— Penny? Desculpe-me pela interrupção, mas vamos fazer uma reunião agora.

Há quanto tempo estou parada aqui?

Vejo que a luz da janela se deslocou de minha cama para a cômoda. Como foi que isso aconteceu? Já é mesmo de tarde? Isso não pode estar certo.

Shelley vê o espanto em meu rosto e se aproxima.

— Pronto, Penny — diz ela. — Está tudo bem. Segure o meu braço.

Ao fazer isso, reparo que ela está de luvas. Luvas plásticas transparentes, finas, nas duas mãos.

COMO NO CAFÉ DA manhã, os outros chegaram ali antes de mim. E esperam, sentados nas mesmas cadeiras de ontem. Ruth está assoviando. Pete e Hilbert estão sentados em silêncio. Ao contrário de ontem, hoje a reunião do grupo me parece familiar, habitual, normal. Jack está encostado na parede, olhando o telefone que tem na mão.

— Espero que todos estejam animados com a festa — diz Shelley, depois de se sentar em sua cadeira.

— Adoramos uma festa. Adoramos. Sempre são divertidas. Não importa o tipo de festa. Grande, pequena. Todos nós temos de chegar nela no começo e só podemos sair no final. Não queremos perder nada. Não tem desculpas. Talvez possamos convencê-lo — diz Ruth, apontando para Pete — a tocar para nós.

Tenho dificuldade para acompanhar tudo que Ruth diz porque ela fala rápido demais, com muito entusiasmo, de vez em quando acrescentando uma ou outra palavra em francês.

— Acho que esta é uma ótima ideia, Ruth — diz Shelley.

Ruth ri.

— Eu sei — continua Shelley — que Pete esteve praticando muito. Ele é incrivelmente dedicado.

Nenhuma resposta do pobre e velho Pete. Já ouvi dizer que gente muito idosa perde a capacidade de falar. Imagino o que ele diria a mim se ainda pudesse falar. Imagino como seria sua voz, seu riso.

Quanto mais ouço Shelley falar, mais percebo uma intensidade formal em sua comunicação. Tudo que ela diz soa quase roteirizado e ensaiado.

— Antigamente eu dançava. — Isto sai de minha boca antes que eu saiba o que estou dizendo. Todo mundo, menos Pete, se vira para mim. — Já faz anos e anos. Não danço há muito tempo. Nem sei se seria possível nesta idade, mas tenho muitas boas recordações de quando dançava.

— Dançar *é mesmo* divertido — diz Ruth. — Nós adoramos. E quando um não quer, outro não dança.

— Eu só... Espero ainda conseguir.

Passo a mão no joelho, olhando para Hilbert, e vejo que ele já está olhando para mim, sorrindo, os olhos cintilantes.

— É claro que você ainda consegue dançar — diz Shelley.

— Todos conseguimos — afirma Ruth.

— Lembro-me de comparecer ao meu primeiro baile na escola, como eu estava nervosa — digo. — Quando eu tinha meus vinte anos, eu saía para dançar com um amigo em particular. Dançávamos por horas. Eu dançava com muitos homens naquela época. Homens diferentes. Sempre conseguia encontrá-los. Sentia-me confiante na pista. Existiam salões aonde a gente podia ir.

Ainda posso ouvir a música em minha cabeça. É tão nítida.

— Meu favorito era Duke Ellington — digo. — E Annette Hanshaw. Eu era tão jovem.

Antes que eu me dê conta, estou cantarolando a versão de Annette Hanshaw de "Love Me Tonight". Passo pelos primeiros versos, depois paro subitamente, mortificada porque todos sentados ali estão me ouvindo, me olhando. O que me fez falar tão abertamente de algo tão pessoal?

— *Tu es très jolie* — Ruth me diz. — *C'est vrai.*

— Ruth — diz Shelley. — Ainda é a vez de Penny nos contar uma história.

— Não, não — replico. — Está tudo bem. Prefiro ouvir Ruth falar francês. Eu falava um pouco de francês quando era nova. Achava muito romântico e queria ter continuado a aprender.

— Era minha esperança que você encontrasse coisas em comum com os outros — diz Shelley. — E comigo. O jeito como você aprecia a arte, Penny, é como eu aprecio o corpo humano. Mesmo quando garotinha, eu era obcecada por aprender tudo que pudesse sobre anatomia e a ciência da vida.

— O que você queria, Penny? — pergunta Hilbert abruptamente. — Quando era jovem.

Shelley parece surpresa por Hilbert tê-la interrompido.

— O que quer dizer? — pergunto.

— Quero dizer, o que queria fazer da vida?

— Esta é uma grande pergunta — retruco.

— A maior — diz ele.

— Bom, acho que eu queria sair do meu próprio mundinho — digo. — Para ver arte. Queria ler e conhecer gente. Queria crescer para poder aprender a pintar.

Hilbert fica em silêncio. Por fim, afirma:

— Quando era rapaz, eu queria entender plenamente a teoria dos conjuntos e os tamanhos possíveis de conjuntos infinitos. Um mistério de tirar o fôlego.

Sua resposta me faz rir.

— Que coisa boba — diz Ruth, revirando os olhos.

— Não, não é — falo. — De forma alguma. Sempre estou tentando entender como finalizar o meu trabalho. Esta é a minha versão do infinito.

Não conheço este homem há muito tempo, mas posso imaginá-lo na época, ainda um universitário. Modesto, inteligente, desajeitado, preocupado, bonito. E brilhante.

— Me agrada que sua versão dos conjuntos infinitos seja completamente diferente da minha — comento.

— Já aprendi muito com você — diz Hilbert.

— Não exagere — digo.

Mas Hilbert estende o braço e coloca a mão gentilmente sobre a minha. É a primeira vez que ele toca em mim. Sua mão é quente, pesada, reconfortante. Shelley nota o gesto.

— Acho que está na hora de... — Shelley começa a falar, mas eu a interrompo.

— Lembro-me de outra coisa — digo.

— Como disse? — diz ela.

— Outra coisa que eu queria. Quando era muito nova. Uma garotinha. Antes de começar a pintar ou antes de sair para dançar. Eu não era uma criança muito sociável. Muitas coisas me davam medo. Mas me lembro de querer uma coisa verdadeiramente. Nem contei aos meus pais. Nunca contei a ninguém.

— E o que era? — pergunta Hilbert.

— Eu queria levitar. Flutuar.

— Você queria voar? — pergunta Ruth.

— Não. *Flutuar* — diz Hilbert, esclarecendo por mim. — Ela disse que queria flutuar.

— Este é um desejo incomum — diz Shelley.

— Queria saber como seria a sensação — digo.

Shelley me olha, depois para os outros. Jack ainda está encostado na parede, mas não está mais olhando o telefone. Sei que está prestando atenção.

— Só flutuar, apenas por um momento — digo, baixando os olhos. — Sentir os pés saírem do chão. Sempre senti meu peso. É impossível saber como é sem que se possa sentir.

Meu pequeno segredo de infância é recebido pelo silêncio, a não ser por Hilbert.

— É uma ansiedade compreensível da matéria, da massa — diz Hilbert. — Da vida. Uma densidade. Um fardo a manter ereto, a produzir, a persistir. Também sinto isso.

Meus braços ficam arrepiados.

— Não há nada de errado na persistência, Hilbert — diz Shelley. — A vida é assim. Isso mostra um espírito forte.

— Não, não era disso que eu estava falando — diz Hilbert a Shelley, antes de se virar para mim. — Alguns argumentaram que a quantidade total de energia, toda ela, no universo é... Adivinha. É zero.

— Isso não parece possível — diz Shelley.

— Shhh — eu faço antes de voltar minha atenção a Hilbert.

— Toda matéria compõe a energia positiva, enquanto a gravidade compõe a energia negativa, e as duas, juntas, se anulam mutuamente — diz ele.

Shelley bufa baixinho.

— Sim, entendi. É sobre ser diferente. Ser completamente diferente — digo. — O outro lado de alguma coisa. Acho muito tranquilizador saber que sempre existe um oposto.

Estou olhando só para Hilbert. Ele é tudo que posso ver. Abro um sorriso.

— O mais importante não seriam os pontos em comum? — diz Shelley. — A integração e a união pelo bem?

— Também acho os contrastes tranquilizadores, Penny — diz Hilbert, ignorando Shelley. — Gosto de saber que existe um outro lado. Acho bonito. Não é diferente de flutuar. Um equilíbrio e uma proporção.

— Mas então, não vamos ficar muito filosóficos — diz Shelley, levantando-se. — Vocês nunca deixam de me surpreender. Todos vocês! — Seu tom é incisivo, como se tivéssemos tocado um nervo sensível. — Mas precisam descansar também. Jack, pode ajudar Penny a voltar ao quarto?

— Agora? — pergunta ele, surpreso.

— Sim, agora.

Jack se aproxima e estende o braço para que eu o segure. A sala ficou em silêncio. Quero continuar conversando com Hilbert, fazer-lhe perguntas sobre a vida dele, seu trabalho na matemática, suas ideias, outros interesses. É tudo tão diferente de mim, e ainda assim... Seguro o braço de Jack e me levanto.

— Temos sorte de estarmos aqui, não é mesmo? — pergunto a Hilbert, ao passar.

— Sorte, sim — diz ele. — Hoje parece assim.

— Assim como, Hilbert? Parece assim como? — pergunta Shelley.

Há uma aresta em sua pergunta que me aguilhoa como a ponta afiada de uma pena. Da porta, ouço a resposta de Hilbert.

— Eu não quis dizer nada — responde ele. — Só estou feliz por Penny estar aqui.

SOLTO O BRAÇO DE Jack quando andamos pelo corredor até o meu quarto.

— Está tudo bem — digo. — Conheço o caminho.
— E seu joelho?
— Ainda funciona — respondo. — Por enquanto.

Passamos pela janela que dá para a floresta densa. Paramos por um instante, lado a lado. São tantas árvores altas e indistinguíveis lá fora, demais para contar. Procuro olhar uma em particular, focalizar atentamente, até me esquecer do que estou olhando.

— Gostei do que você disse antes, sobre sentir o próprio peso — diz ele, quebrando o encanto. — Acho que você e eu temos algumas coisas em comum.

— É mesmo?

O som dos passos de Shelley no corredor faz com que Jack pare de falar. Ele espera até ouvir uma porta se fechar.

— Eu já fui aluno de uma escola de artes — diz ele, a voz agora mais baixa, mais suave, como se fosse um segredo.

— Você estudou artes?

— Na faculdade. Só por um ano. Parece outra vida.
— Por que só um ano?
— Não deu certo — diz ele.
— Por quê?
— Eu não estava pronto para isso — diz ele. — Cometi alguns erros. Fui reprovado. Sempre pensei que seria um artista profissional. Que essa seria minha identidade. Mas agora estou aqui. Trabalhando num lugar como...

Ele se detém e não termina o que pensa.

Um lugar como este?

— Não gosta daqui? — pergunto.

— É um bom lugar para se estar. Só não é o que o jovem Jack se via fazendo, é só isso.

Ele ainda é jovem, penso. Viro-me da janela primeiro e recomeço a andar. Jack me segue.

— Bom — digo. — Eu nunca estudei belas-artes. Não formalmente. Então você tem uma perna de vantagem sobre mim. A perna boa, não uma velha e artrítica como a minha.

Chegamos ao meu quarto, o da porta vermelha. Agora tem *Penny* escrito em uma plaquinha pendurada. Isso é novidade. Entramos e eu me sento numa cadeira.

Nos últimos anos em que fiquei em meu apartamento, pude sentir que havia perdido minha chance. Que tudo tinha se acabado. Não teria mais experiências. Nem desafios. Nem novos relacionamentos. É uma sensação assustadora quando tudo se acaba. Especialmente quando se está só.

Tento desesperadamente me controlar, mas Jack percebe que meus olhos lacrimejam.

— Desculpe — digo.

— Não precisa se desculpar — replica ele.

Levo um momento para me recompor.

— O que foi? — pergunta ele. — O que há de errado?

— Nada. É exatamente isso. Não há nada de errado aqui. Na verdade, é bem o contrário. É muito bom.

Pego um lenço metido na manga do suéter e assoo o nariz.

— Pela primeira vez em séculos, eu me sinto bem. Dormi. Comi. Conversei com outros seres humanos de minha idade. É maravilhoso. É meio intenso demais, só isso. E tudo em um dia só.

Ele coloca a mão em meu ombro.

Uso o dedo para enxugar as lágrimas do rosto. Eu me levanto e avanço pelo quarto. Sento em minha poltrona com um suspiro. Fecho os olhos, apoiando a cabeça no encosto. Fico sentada assim até me lembrar do que estava em minha mesa esta manhã.

— Jack, de onde vieram as tintas e os pincéis novos? — pergunto abrindo os olhos.

Mas ele não está mais aqui. Já foi embora.

Q UANDO ACORDO, AINDA ESTOU na poltrona. Minha cabeça está tombada para trás e para o lado. Meus pés estão na banqueta de apoio. Tem um cobertor sobre minhas pernas e um copo de água na mesa lateral. Devo ter tirado um longo cochilo. Quando foi que decidi cochilar?

E então percebo: Shelley está aqui comigo.

Está no canto do quarto, simplesmente parada ali. Trocou de roupa, do vestido vermelho para suéter e jeans, mais informais. Ela se aproxima, estende o braço e toca com muita delicadeza meu rosto com as costas da mão, como uma mãe faria com uma filha pequena. A luva fina e transparente que usa é fria em minha pele. Pegajosa.

— Você parecia tão tranquila. Eu não quis perturbá-la.

Tento engolir.

— Quanto tempo dormi? Estou com muita sede — digo.

— Tome — diz ela, entregando-me a água. Ela observa enquanto eu bebo todo o conteúdo do copo.

— Temos um presente preparado para você amanhã de manhã. Você terá um dia de spa.

Entrego-lhe o copo vazio.

— Um dia de quê?

— De spa. Lavar e cortar seu cabelo, fazer as unhas.

Olho minhas unhas sujas e irregulares.

— Só se não for uma inconveniência — replico.

— De modo algum. Será bom para a festa — diz ela. — Você vai adorar. Mas, primeiro, está na hora do seu banho.

A ÁGUA QUENTE ESTÁ SUBLIME. Deixo cair em minha cabeça, no pescoço e no rosto. Eu precisava disso, e muito. É rejuvenescedor. Queria poder estar aqui sozinha, ter alguma privacidade.

Shelley insistiu em me ajudar. Tirou meus sapatos e colocou um roupão branco e impermeável por cima de suas roupas. Fica de lado no enorme boxe do chuveiro, enquanto estou sob o jato de água quente.

— Posso fazer isso sozinha — digo. — Não tinha a ajuda de ninguém em meu apartamento.

— Eu sei, querida. Mas é por isso que você está aqui, lembre-se... para ter ajuda.

A pressão da água é muito maior do que em casa e fustiga a minha pele de forma prazerosa. Sinto que Shelley se aproxima. Ela pega uma toalha de rosto e passa a esfregar minhas costas. O tecido de seu roupão parece uma capa de chuva em minha pele.

— Levante os braços, por favor.

Obedeço e ela lava ali. Não olho para trás. É incômodo e constrangedor. Nunca fui lavada na vida, pelo menos não quando adulta. Não conheço Shelley ainda, não de verdade. Queria não poder vê-la descalça. Por algum motivo isso piora tudo. Seus pés quase tocam os meus. Não falamos nada. A água está quente e jorra à nossa volta.

Sem dizer nada, sem interromper seus movimentos, Shelley começa a cantarolar. A princípio, sutilmente. Mal a ouço com o ruído da água corrente. Depois, mais alto. Conheço a música. Eu a reconheço. É a mesma que cantarolei antes, na reunião.

É a velha música de Annette Hanshaw. Não é do tempo dela.

Ela continua a cantarolar enquanto enxágua o que resta do sabonete em meu corpo. Pela primeira vez desde que cheguei, eu queria estar sozinha.

Ela fecha a água e me passa uma toalha felpuda.

— Quer ajuda para se enxugar?

— Não — digo.

— Vou pegar sua camisola.

— Já está na hora de dormir?

De onde estou em meu banheiro, vejo a janela pela porta aberta. Chego mais perto, colocando a mão no batente. Está escuro lá fora. Ouço Shelley abrindo a gaveta de minha cômoda. Deve ser mais tarde do que eu pensava.

Depois de vestir a camisola, mais uma vez sem a ajuda dela, Shelley me coloca na cama.

— Não tinha notado que era tão tarde — digo. — Acho que o cochilo foi dos longos. Nós já jantamos?

— Estou satisfeita que você esteja se adaptando. E dormindo tão bem — diz ela. — Isso é importante.

Ela havia retirado o roupão branco de banho, mas ainda estava com aquelas luvas. A cama, com o edredom puxado até meu queixo, está tão quente e confortável como me lembrava da noite passada. Estou imersa e protegida. Fecho os olhos e sinto que adormeço imediatamente.

— Boa noite, querida — ouço. — Durma bem.

EU ABRO OS OLHOS. Está escuro. É tarde. Onde estou?

Eu me lembro. Meu quarto na Six Cedars. Não tenho um relógio. Não trouxe meu relógio de cabeceira. Deve ser de madrugada. Não tem som algum. Nenhuma luz brilha no corredor. Todo mundo está dormindo.

Mas me sinto desperta. Sinto-me alerta.

Levanto da cama. Para pintar. Quero pintar. Preciso pintar.

Sem colocar o cardigã, as meias ou os chinelos, vou diretamente à minha mesa. É lá que estão meus novos pincéis. Pego um deles. Toco a ponta macia com o dedo. Cheiro o pincel.

Acendo a luminária da mesa e, pela primeira vez em anos, começo a trabalhar em uma nova tela.

Não sei quanto tempo trabalho assim, descalça, concentrada, mas a certa altura fico exausta e volto para a cama.

UM BARULHO. UMA VOZ. Suave. Abafada. Alguém está falando comigo.

— Penny... Penny?

Abro os olhos. É Jack, de pé junto de minha cama. Está segurando toalhas dobradas e limpas. De novo.

— Bom dia — diz ele.

Sinto-me confusa, desorientada. Levo um tempo para avaliar: a luz do sol que brilha delicadamente no quarto, as árvores do lado de fora da janela, meu corpo embaixo da coberta. Deve ser de manhã.

— Como dormiu? — diz ele. — Passei para lhe trazer isto.

Seus olhos estão com mais bolsas do que ontem. Mais escuros. Ele parece diferente.

— Eu... dormi bem — respondo, levando a mão à cabeça. — E você?

Olho minha mesa. A tela da noite passada não está ali. Devo ter guardado. Devo ter escondido e fico agradecida por ter feito isso. Meu trabalho sempre foi particular, especialmente quando acabo de começar uma obra.

— Tenho de levar você para o salão de beleza depois do seu café da manhã.

Consigo fazer um leve sinal de concordância.

N A SALA DE JANTAR, Jack me diz que os outros já terminaram, que eu dormi demais. Sinto falta de comer com o grupo. Especialmente Hilbert. Estava ansiosa para vê-lo. Quando termino meu desjejum, Jack tira o prato e, em vez de voltar a meu quarto, vamos para o outro lado do corredor, a uma sala em que nunca entrei.

Parece um salão de beleza improvisado, com um espelho grande instalado na parede, uma pia com um chuveirinho e uma cadeira giratória.

— Que cheiro é esse? — pergunto.

— Aromaterapia. Ajuda o corpo a se livrar das toxinas — diz ele.

Jack me acomoda na cadeira em frente à bacia. O chuveirinho tem um punho comprido.

— Vamos começar lavando. Recoste-se, relaxe.

Ele coloca uma toalha pequena em meus ombros e com cuidado inclina minha cabeça para a bacia. Aninha a cabeça com uma das mãos e, com a outra, segura o chuveirinho acima de meu cabelo. Sinto a água morna no couro cabeludo.

Primeiro o banho ontem à noite com Shelley, agora ele está lavando meu cabelo. Estive negligenciando essas partes da vida saudável, deixando-me abater. O calor da água se espalha de minha cabeça para o cabelo, para o corpo e os braços. Tenho arrepios.

Fecho os olhos.

Pergunto-me o que Ruth estará fazendo agora. Cochilando em seu quarto? E Pete? Todos eles estão aqui, nesta casa, comigo. Eles devem se revezar aqui, nesta cadeira também, para ter o cabelo lavado desse jeito. Será que é bom para eles como é bom para mim? Será que eles precisam disso tanto quanto eu?

Ouço Jack baixar o chuveirinho na bacia e abrir o frasco de xampu. Ele começa a massagear delicadamente meu cabelo e o couro cabeludo.

— Eu estive pensando — diz ele.

O jeito como esfrega minha cabeça me acalma, é tranquilizador.

— Você devia ter alguém para posar para você. Para um retrato.

— O quê?

— É sério.

Penso em contar a ele o que aconteceu no meio da noite, que saí da cama sentindo-me inspirada e alerta. Peguei minhas tintas novas. Comecei a trabalhar. Mas ainda não me sinto pronta para contar isso.

— Já faz muito tempo — digo. — As coisas que faço não são típicas. Eu não ia querer chocar ninguém.

— Pelas telas que vi, eu adoro seu estilo. Aquela que você fez com o par de olhos se tocando. É incrível. Eu gostava do surrealismo também. O seu tem um caráter onírico com o qual me identifico.

Eu supunha que essa tela estivesse no depósito. É uma de minhas mais antigas.

— Quando você viu essa pintura? — pergunto.

— Quando você chegou. Levei suas coisas e guardei para você. Não resisti a olhar algumas telas suas. Espero que não se importe.

— Não, não me importo — digo. — É só que... eu não sabia que esta estava aqui.

— Quando fui te buscar na cama esta manhã, você dormia tão profundamente. Acho que esteve sonhando, porque vi seus olhos se mexendo. Eu queria lhe dar um pouco mais de tempo para descansar, então fui até o closet e dei uma olhada naquela tela de novo. Estive pensando muito nela desde que a vi pela primeira vez. É uma tela linda, Penny, porque é...

— É muito antiga — digo rispidamente. — E não está acabada. Eu não queria que fosse vista.

— Mas eu gosto muito dela.

Eu guardo muito para mim, penso. Minhas pinturas. Sempre guardei.

— Para mim, é incomum receber um elogio desses — digo. — Eu não devia ficar tão melindrada. Obrigada.

— Estou pensando que você pode fazer uma... de nós... da equipe ou dos residentes. Talvez Ruth. Ou Hilbert.

— Disso eu não sei.

— Espero que não se importe que eu diga isso, Penny, mas você sinceramente lembra um pouco minha mãe.

— É mesmo? Vocês dois são próximos?

— Éramos. Minha mãe tinha uma centelha, como você. Todo mundo notava. Uma curiosidade com a vida. Via as coisas de um jeito diferente.

— Você consegue vê-la muito?

— Ela faleceu quando eu era novo.

— Sinto muito — digo. — Quantos anos você tinha?

— Dezessete quando ela morreu. É como você disse, Penny, todas as famílias são complicadas.

Eu disse isso?

— Minha mãe era um amor, mas nem sempre estava presente. Era meu pai que costumava lavar meu cabelo — digo, à medida que me voltam as lembranças. — Quando eu era bem nova, quer dizer. Ele fazia um escudo com a mão no formato de um crescente lunar e o mantinha na minha testa para não cair sabão nos meus olhos.

Nem acredito que me lembro disso. Raras vezes tenho lembranças de meu pai. Ele nem sempre era fácil, mas era carinhoso. Ele tentava ao máximo.

Jack protege meus olhos da água ensaboada. Ficamos em silêncio, nós dois, perdidos em pensamentos. Só o que ouço é a água corrente. Depois de um ou dois minutos, percebo que a água ainda corre, mas a mão de Jack não está mais em mim.

— Não tem nada tão reconfortante como água quente e ensaboada — ouço.

É ela. Shelley.

Abro os olhos. Minha cabeça ainda está tombada para trás e olho o teto, seu rosto pairando acima do meu. Ela está de delineador e sinto o cheiro de seu perfume.

— Adoro seu cabelo — diz Shelley. — É tão macio.

Ela continua a enxaguá-lo enquanto fala. Seu toque é mais firme, não é tão delicado como o de Jack.

— Onde está Jack? — pergunto.

— Por aí em algum lugar. Penny, você me impressiona muito — diz ela. — Tão independente, tão forte.

— Não sei se você pode dizer isso de uma velha que precisa de ajuda para tomar banho.

— Todos nós precisamos de ajuda. Nenhum de nós pode fazer alguma coisa sem os outros. É de seu espírito que estou falando. Sua atitude. E de sua ética de trabalho. Sua pintura.

— Minha pintura?

— Vi no que está trabalhando. Você é tão talentosa.

Meu coração para. Como Shelley pode ter visto? Só comecei na noite passada. E escondi, não foi? Não gosto disso. É invasão.

— Você viu minha pintura? — pergunto.

Ela faz que sim com a cabeça.

— É pessoal — digo. — Particular.

— Não gostamos de ter segredos por aqui. Somos um grupo bem pequeno e quero saber tudo sobre vocês.

Ela enrola meu cabelo numa toalha. Está apertando e puxando meu cabelo. Gira minha cadeira para o espelho na parede.

Ela sabe tanto de mim, de meu trabalho, minha vida. Mas eu não sei nada a respeito dela.

— Quem é você? — pergunto.

Ela dá um passo para trás, a cabeça virada de lado.

— Como assim?

— Jack me contou um pouco sobre você. Disse que era uma acadêmica. Como uma acadêmica acaba virando diretora de um lar para idosos?

Sei, pela expressão dela, que Jack não deveria ter me contado isso.

— Não somos um lar para idosos, Penny. Somos uma pequena instalação de moradia assistida. E não sei o que Jack andou dizendo. Antes de começar na Six Cedars, estudei ciências.

— Que ciência?

— Química orgânica, biologia. Se você me perguntasse na pós-graduação o que eu queria fazer da vida, eu teria dito ser uma bióloga especulativa.

— Bióloga especulativa? Meu pai adorava ler sobre ciências e costumava comprar livros para mim de vários temas, mas nunca ouvi falar nisso.

— A biologia em particular é muito pouco teorizada. Ainda se baseia principalmente em observação e experimentação. Eu me sinto mais atraída pelo lado teórico.

— Pelo lado teórico? — digo.

— Principalmente quando se trata de limites. O mundo natural é muito mais distendido com os limites do que as pessoas pensam. — Ela parece animada, sincera, muito menos formal do que quando cheguei aqui.

— Como assim? — pergunto.

— Bom, os exemplos são muitos. Sabe o que são líquens?

— Aquela coisa verde que cresce na casca das árvores?

— Sim, mas o líquen não é uma entidade singular. É uma fusão simbiótica de algas e fungos. É maravilhoso. Mas sua união é tão extrema que eles agem como um só, como líquens.

Fusão simbiótica?

— Agem como um só? — pergunto, me esforçando para acompanhar seu raciocínio.

— Como um só indivíduo. E assim, quando você começa a se aprofundar nisso, fica imaginando se deve falar de um organismo ou de muitos. Sou eu ou somos nós? É como os ciclones de renas. É uma rena ou são muitas? Um rebanho giratório de renas correndo em um círculo fechado, o que fazem quando são ameaçadas, para que uma delas não possa ser atingida pelo predador. Imagine se pudermos todos ser ligados dessa forma, como nos sairíamos melhor.

De súbito me imagino andando em um círculo fechado com Hilbert, Ruth e Pete, nós quatro bem unidos, costas-com-costas-com-costas-com-costas, para nossa própria proteção.

Enquanto fala, ela pega um secador, liga e passa a secar o meu cabelo, escovando-o.

Por que Jack não terminou o meu cabelo? Por que ele me deixou? Por que eles trocaram? Ela não disse aonde ele foi. Sinto um fosso se abrir no meu estômago.

— Como veio parar aqui? Fazendo este trabalho? — pergunto.

— Meus avós eram donos desta casa. Meus pais a herdaram deles e usavam como casa de veraneio. Eu adorava vir para cá quando criança. Parecia uma mansão saída de um filme. Eu me divertia muito aqui naqueles longos verões, mas estava sempre sozinha e imaginava como seria ter amigos aqui comigo...

Ela se interrompe e sinto que estremeço.

— Os dias e anos passam rápido demais — diz ela. — Queria que existisse um modo de deixar tudo mais lento, o que acha? Ter mais tempo. O tempo é a coisa mais importante que existe.

Ela baixa o secador de cabelo e pega um pente e uma tesoura.

Meus olhos vagam até o espelho. Ao lado dele, tem duas lixeiras de plástico. Uma parece vazia, a outra tem fios de cabelo cortados.

Acho que todo mundo queria ter mais tempo — digo. — Eu talvez desse uma resposta diferente antes de vir para cá. Só que agora seria bom ter mais tempo.

Penso no que significaria ter mais tempo. Para mim, Pete, Ruth, Hilbert. Mais rodas de conversa. Mais comida. Mais sono. Eu conseguiria pintar mais. Mas o que o trabalho significaria se fosse infinito? O que significaria um relacionamento se durasse para sempre? Como seria um dia se não tivesse fim?

Mais e mais.

É o que todo mundo quer, assim ela diz.

— E se tempo fosse tudo que você tivesse? — pergunto. — Talvez, se tivéssemos todo o tempo do mundo, a vida começasse a perder o sentido. Ou coisa pior.

A tesoura que ela usa para cortar meu cabelo não é nova. Faz um silvo áspero toda vez que corta.

— Não, Penny — diz ela. — Está enganada a respeito disso. Não repita isso, por favor.

Baixo os olhos para o colo.

— Mais tempo só pode ser bom — continua ela. — É nosso dever formar vínculos e elos fortes enquanto pudermos. Não há nada de errado na dependência e em pedir ajuda. Existe força em se integrar, em sacrificar sua identidade como indivíduo, em se tornar parte de algo maior do que apenas você.

Meus cabelos caem no chão a seus pés. Ela está aparando, fazendo um corte simples e curto.

Ela não me perguntou em momento algum como eu queria o corte. Em momento algum.

— Quando eu era mais nova, adorava que cortassem meu cabelo — diz ela. — Adorava saber que ele iria crescer de novo. Independente de qualquer coisa. Sempre devemos ter um cabelo elegante e bem cuidado. Faz parte de quem somos.

Olho-a pelo espelho. Ela para, recua um passo, olha meu cabelo, a tesoura de lado.

— Fico feliz que tenha gostado de conversar com Hilbert — diz-me Shelley pelo espelho.

Sinto que ruborizo.

— Ele é um amor, não é mesmo? É brilhante, sabe. Ainda trabalha em suas equações todo dia. Nós encorajamos todos a ter algo em que se concentrar, fazer uso de seu tempo aqui. É um grupo especial, este que temos.

Shelley me olha nos olhos de novo, pelo espelho, depois continua a cortar.

Eu jamais quis ter só um namorado fixo. Sempre aceitava convites para encontros. Adorava conhecer novos rapazes. Mesmo que só saíssemos uma ou duas vezes. Sempre dava uma chance a eles. Todas as minhas amigas pareciam prontas para o casamento e os filhos rapidamente. Eu não.

E então conheci alguém. Eu o conheci em um de seus vernissages. Ele era extrovertido e articulado, eu sabia que ele sentia algo por mim e gostei da confiança que aparentava. Dois meses depois, decidimos morar juntos.

Na época, eu não sabia que ficaria com ele pelo resto de minha vida adulta. Até vir para cá.

Tenho dificuldades para me lembrar de mais do que isso. Nós nos apaixonamos de verdade. E nos divertimos, por algum tempo. É tão estranho. Todo esse tempo juntos e fiquei apenas com uma vaga sensação dos fatos e dos detalhes.

— É fácil conversar com Hilbert — digo. — Ele espera ouvir as perguntas antes de dizer o que pensa. Quer me perguntar sobre o que eu penso. Acho que ele e eu somos muito diferentes. Não entendo o mundo como ele e gosto sinceramente disso. Em geral, eu só convivia com outros artistas. Confio nele.

— Parece-me que você talvez esteja com uma paixonite por ele, Penny — diz Shelley.

— Agora sou velha demais para isso.

Ela passa a usar uma escova macia para remover os fios soltos em meu rosto e no pescoço.

— Me dê sua mão, por favor — diz ela.

Levanto a mão. Shelley a apanha e começa a fazer uma massagem em minha mão, esfregando os polegares enluvados na palma. É firme, mas não é desagradável.

— O toque humano é tão importante. Você ficou muito tempo sem ele.

Ela tem razão. Fiquei. Por anos. Mesmo quando ele ainda estava vivo, o toque que eu sentia e o toque que eu dava eram principalmente frios e rápidos. Deixo que meus olhos se fechem de novo. Sinto que ela segura meu polegar, depois o estalo de um cortador de unhas. Ela está cortando minhas unhas. E não tem pressa, age meticulosamente.

— Suas unhas são como seus cabelos, saudáveis e fortes. Podemos pintar, se você quiser. Quem sabe de rosa? Alguma coisa alegre para a festa.

Ela passa a cortar as unhas de minha mão esquerda. Está cortando as unhas bem curtas.

— Não pinto as unhas.

— Tudo bem.

Ela corta outra unha, estalando o cortador.

— Nunca vi sentido nisso.

— Não tem problema.

— Eu roo.

— Você rói as unhas?

— Sim, sempre roí.

Ela corta outra unha.

— Se pintar, terá de fazer de novo quando o esmalte sair.

— Como você quiser, querida.

Enquanto ela diz isso, corta uma unha curta demais e dói. Puxo a mão.

— Ah, não! Desculpe. Doeu, não foi?

Shelley recua um passo enquanto examino o dedo. Começa a sangrar, só um pouco. Ela pega o dedo e o aperta, segurando firme. Passa a ponta de um cotonete ali, e depois larga na lixeira pequena. Está bem ao lado da que tem fios cortados de cabelo. Tudo acontece num piscar de olhos e não sei bem o que acabei de ver.

— Pelo menos sabemos que você tem um bom sangue, parece saudável.

Puxo o dedo de volta, levando-o à boca. Chupo o local ferido, olhando para ela. O tom de seu batom é vermelho. Vermelho vivo. Mais vermelho do que antes, penso. Ela passou agora?

Sinto uma gota de suor cair da axila e escorrer pelo lado do corpo.

Será que o sangue de uma pessoa pode parecer mais saudável que o de outra?

COM O CABELO RECÉM-CORTADO e as unhas aparadas, estou de pé junto de minha mesa. Shelley me trouxe de volta ao quarto e disse que eu podia recomeçar a trabalhar.

— Seu cabelo está ótimo — comentou ela ao sair. — Boa sorte.

Levo a mão à testa. Não toco no cabelo, mas sinto a casca de ferida da minha queda. Não tinha pensado nisso hoje, e sinto com o dedo que ela secou. Está curando. Eu estou me curando. Ainda posso me curar, acho, mesmo nesta fase da vida.

É estranho como dormir tão bem tem afetado minha percepção. Não tenho mais a noção do que é a noite. Antigamente eu ficava acordada por tanto tempo no escuro que uma noite durava uma eternidade. Agora fecho os olhos, abro um instante depois e já é de manhã.

Também não tenho nenhum sonho desde que vim para cá. Não que eu me lembre. Só um sono profundo, repousante e sem sonhos.

Volto a me concentrar na tela na mesa. É libertador estar trabalhando de novo. Sinto-me mais jovem. Baixo a cabeça, inclino-me sobre a mesa, quando tenho a sensação desagradável de estar sendo observada. Paro, baixo o pincel e dou uma olhada pelo quarto.

Olho atrás de mim, para a porta aberta. Uma luz no corredor se acende, com se houvesse alguém ali. Espero para ver se vai passar. Ninguém passa. Espero. O gato entra, esfregando-se em minha perna. Curvo-me e faço um carinho atrás de suas orelhas.

Ele é uma coisinha fofa. Posso sentir suas costelas pequenas. É quase esquelético. Mas gosta quando faço carinho desse jeito. Quando ele sai, olho para a tela, depois ergo os olhos e vejo Jack parado em frente à minha porta.

— É tão bom ver você trabalhando em uma tela nova — diz ele, entrando sem bater. — Tenho uma coisa para você. Um dispositivo antirruído, parecem fones de ouvido, que você coloca sobre as orelhas. Bloqueiam todos os ruídos de fundo que você anda ouvindo.

Eu ando ouvindo ruídos de fundo? Não me lembro de dizer nada a Jack sobre isso. Nem a mais ninguém.

— Que tipo de ruídos?

— Esses que uma casa antiga costuma fazer. Canos, tábuas do piso... A madeira muda nas noites frias. Vou lhe mostrar como funcionam. Vão ajudá-la a se manter concentrada, sem perder o foco.

Ele coloca os fones sobre minhas orelhas e os liga.

Silêncio. Não apenas silêncio. Um total e completo silêncio.

Nunca tive esta experiência antes, a não ser embaixo d'água. Jack começa a falar. Vejo sua boca se mexer, mas não consigo ouvir nada.

Ele passa a andar pelo quarto, dá tapinhas na parede, mas não ouço nada. Estou sob um oceano. Ou em um sonho. É silencioso, pacífico, como se eu estivesse pairando no espaço, mas a eliminação de todo som também é estranhamente enervante; saber que ainda existe comunicação lá fora dirigida a mim, mas que não sou capaz de compreendê-la. Saber que alguém está andando no corredor, mas não ouvir. Nem vozes, nem passos. Nem portas se abrindo e fechando. Nem o vento agitando os galhos das árvores, como eu adorava ouvir no parque.

Não sei se gosto ou odeio isso.

Ele retira os meus fones.

— Incrível, não é? Todo mundo aqui já tem seus próprios fones. Eles adoram.

— Acho que preferiria se pudesse ouvir música. Antigamente eu ouvia música o tempo todo.

— Estes foram feitos mais para eliminar as distrações. Ruth usa os dela quando está trabalhando.

— Trabalhando?

— Ela traduz textos diferentes para o inglês. Principalmente do francês. Faz isso por horas seguidas.

— Tem algum jeito de você colocar alguma música neles? Por favor.

— Posso tentar, Penny.

Jack se dirige até a cama e começa a tirar os lençóis.

Enquanto o vejo retirar as duas fronhas, acontece de novo, como aconteceu quando tive meu cabelo lavado. Uma lembrança de infância me volta. Do nada. Fico surpresa por me lembrar.

— Sempre que meu pai trocava os lençóis de minha cama, o que não devia ser feito com muita frequência, mas sempre que ele fazia, também fazia uma brincadeira — digo. — Não sei como isso começou. Ele tirava todos os lençóis sujos da cama, colocava no chão em uma bola amarfanhada, e eu me metia embaixo deles. Eu dizia que tinha uma entrega para ele. E ele então se abaixava e começava a apalpar, dizendo: "O que poderá ser?" E eu tentava ao máximo prender o riso. Depois ele finalmente puxava os lençóis e dizia: "Ah, é você!" Era pura alegria. Ver seu rosto sorridente. Os olhos concentrados em mim. Fizemos isso vezes sem conta e a sensação nunca mudou. Era tão simples.

Jack passa com os lençóis que recolheu e, sem dizer nada, coloca um deles sobre minha cabeça, de brincadeira.

— Mas não é um pacote esquisito? — diz ele, rindo. – Ei, Penny, o que temos aqui?

Estou rindo também, mas então paro. Boto a cabeça para fora. Pergunto-me por que ele está trocando os lençóis. Só dormi neles duas vezes.

— Vai lavar os lençóis? — pergunto.

— O quê?

— Meus lençóis. Acha que já precisam ser trocados?

— Gostamos de mantê-los limpos — diz ele. — Ruth detesta lençóis sujos.

Ele dá um passo para trás, ainda me olhando, depois, com os braços tomados de lençóis, vira-se e sai do quarto.

NÓS QUATRO COMEMOS EM silêncio. Estamos saboreando a comida, ainda que com ferocidade. Uma mesa completa de novo.

Esse meu apetite todo deve ser porque fiquei pintando a tarde toda. Eu estava faminta quando nossos pratos chegaram. Faminta e ainda pensando no último comentário que Jack me fez.

Por que ele disse que Ruth detesta lençóis sujos? O que isso tem a ver comigo?

Carne e arroz em um molho doce e viscoso. Temos pão quente com manteiga extra ao lado. Durante toda a refeição, não consigo deixar de espiar Ruth.

Ruth detesta lençóis sujos.

Ruth, a especialista em línguas. A tradutora. Jack disse que ela traduz por horas seguidas. Sempre que a vejo ela está faladeira, extrovertida, risonha. Mas esta noite parece concentrada em sua refeição, como o restante de nós.

Procuro não dar na vista, mas ainda a espio. O modo como Ruth está sentada. O corte de seu cabelo curto. A pele macia. Como segura o garfo e como os lábios se curvam para cima quando ela sorri. Ela é tão bonita, quase juvenil. Parece muito mais nova do que eu. Imagino quantos anos tem.

Quando nossos pratos são retirados e Jack volta à cozinha, é Ruth quem estende a mão e toca minha perna embaixo da mesa.

— Quer conversar em outro lugar? — pergunta ela, como se soubesse que estive pensando nela.

— Tudo bem — digo.

RUTH ME LEVA ATÉ as cadeiras da pequena área de estar do corredor. Espera que eu me sente e se senta também.

— Há quanto tempo você está aqui? — pergunto.

Ruth ri como se minha pergunta fosse boba.

— É difícil dizer. O velho Pete foi o primeiro de nós. Depois, Hilbert. Depois você. Agora nós.

— Nós?

— Aqui, nós. Estamos todos aqui. Agora somos um lar. Enfim. Para sempre.

— Para sempre?

Ruth cobre a boca com a mão como quem quer sufocar um riso, depois se levanta rapidamente. Começa a se afastar. Em seguida, se vira e gesticula para que eu a acompanhe, ainda dando risadinhas. Eu me levanto e ando alguns passos atrás dela, observando como seus quadris balançam. Quando ergo os olhos, ela me surpreende ao passar seu braço pelo meu.

É como acontecia quando eu saía para dançar com minha amiga. Era assim que íamos de uma boate a outra. Andando desse jeito, juntas. Posso sentir a tranquilidade de seus passos, eu a seguindo. Ela não é tão rígida quanto eu.

— Acha que aqui é barulhento? — pergunto. — Você ouve coisas?

— Temos o espaço e o tempo para trabalhar — diz ela. — Temos sorte.

Ela tenta sincronizar nossos passos enquanto andamos, até que as passadas estão iguais e acabamos no salão de beleza, onde meu cabelo foi lavado. A porta está aberta, mas não tem ninguém ali. Ruth nos faz parar.

— No primeiro dia Shelley lava cabelo.

— Sim — digo. — Ela cortou suas unhas?

Ela sorri, dá uma piscadela e nos leva para dentro.

Ruth gesticula para eu me sentar na cadeira do salão de beleza.

— Nós podemos estar aqui? — pergunto.

— *Pourquoi pas?* — Ela pega um vidro de esmalte. — Para a festa — diz ela.

Agora Ruth está realmente rindo ao passar para a minha frente.

— Você já foi casada, Ruth?

Ruth precisa pensar um pouco.

— Ainda não, mas espero que um dia sim.

— E não tem filhos, nem mais nenhum parente?

— Os filhos vêm depois do casamento.

— Acho que nenhum de nós ainda tem família. Não tem ninguém para saber como estamos ou perguntar por nós. Nem nos visitar. Alguém recebe alguma visita?

— Estamos juntos. Temos tudo de que precisamos aqui. Não se lembra de como pintávamos as unhas e nos maquiávamos quando éramos jovens? — diz ela, erguendo a mão para me mostrar suas unhas. Todas as unhas estão pintadas como as de Shelley. Olhando mais de perto, vejo que o lado de uma das unhas de Ruth foi cortado bem curto, como o da minha.

De súbito, não consigo mais ouvi-la. Não consigo ouvir o que ela diz. Não consigo ouvir sua voz.

Ruth fala, a boca se mexe, mas não ouço som nenhum. Levo a mão ao ouvido.

Sua boca se abre num riso, a princípio curto, depois mais amplo, mas não o escuto. O que há de errado comigo? Vejo a boca de Ruth se abrir e fechar enquanto meu pânico aumenta e se intensifica. Meu coração bate mais rápido e mais forte.

E então, com a mesma rapidez com que aconteceu, volto a ouvi-la.

— Que foi? Qual é o problema? — pergunta Ruth. — Você está pálida.

— Não é nada — respondo. — É que... gosto da cor de suas unhas. O vermelho combina com você.

Devagar, eu me levanto da cadeira e me coloco ao lado de Ruth. Estamos nos olhando no espelho, ombro a ombro.

— Isso é bom, não é? — diz ela.

— O quê?

Meu novo corte de cabelo é muito parecido com o dela. Eu não havia notado antes, só agora quando nos vejo juntas assim, lado a lado. Olho meu próprio rosto, atenta e cuidadosamente, de um jeito que não me olho há muitos anos. Eu não gostava do rosto envelhecido que olhava para mim, então a certa altura parei de me olhar no espelho.

Mas agora posso ver. Minha pele parece melhor.

É sutil. Talvez seja porque eu esteja dormindo tão bem. E comendo. Ficamos ali paradas, olhando-nos uma à outra, até que Ruth fala.

— Você acha que ele gosta de nós?

Nossos pés estão tão próximos que se tocam de lado. Ela entrelaça nossos braços de novo.

— Quem? — pergunto.

Ela revira os olhos.

— Hilbert — diz.

— Você gosta dele? — pergunto.

— Ele é bonito. Sem dúvida inteligente. Alto, e se veste bem. Mas é meio enfadonho.

— Ele é inteligente de um jeito diferente — digo. — Que eu gosto.

— Existem coisas piores do que ser enfadonho.

— Nisso você tem razão — replico.

— Como alguém que precisa sempre de reafirmação o tempo todo, alguém que é voltado para si mesmo — diz ela.

— Sim! — digo. — É isso mesmo. É difícil conviver com isso por muito tempo.

— É mesmo — retruca ela. — É cansativo.

— Porque — digo — piora com o tempo, não melhora. Quando você é muito parecida com um parceiro, existe aquele risco de parecer mais uma cooperação do que uma admiração verdadeira. Há carências que não têm fim, renovação de afeto. Quando o superficial se desgastou, não senti mais nenhum deslumbramento, sabe?

— Sim, nós sabemos — diz ela.

— Parei de me surpreender com ele. Não havia complexidade nenhuma ali, só ego.

— Hilbert é complexo, Pennies?

Antes que eu possa responder, ouço algo, uma porta se abrindo, talvez.

— Shhhhh — digo. — O que foi isso?

— Epa. Não devíamos estar aqui — diz Ruth.

Ouvimos de novo.

— Achei que você disse que não importava estarmos aqui.

— Não, não podemos. Vamos nos meter numa grande encrenca. Ela vai ficar furiosa. Vamos — diz ela, segurando minha mão.

Ruth me puxa para a frente, para o corredor escuro. Coloca um dedo sobre os lábios, depois, com um olhar ardiloso, dá outra piscadela e volta pelo corredor. Eu a observo ir.

Meu estômago se apertou quando Ruth disse *Ela vai ficar furiosa*. Os olhos dela mudaram. Pareciam temerosos. Espero até não conseguir ouvir nada, nem passos, nem portas. Viro-me e escapulo para o outro lado.

SIGO PELO CORREDOR PÉ ante pé até passar pela sala de jantar e, quando faço isso, as luzes se acendem. Ouço alguém na cozinha. Talvez seja o barulho que Ruth e eu ouvimos. Ela deve ter voltado para seu quarto. Sei que eu deveria continuar, voltar a meu quarto, mas ouço o barulho de novo. Existem muitos sons assim em uma casa antiga como esta. Foi o que Jack me disse hoje mesmo.

Passo lentamente pela sala de jantar vazia, com uma das mãos tocando a parede em busca de apoio. Não é tão aconchegante quando está vazia e às escuras. Sinto uma corrente de ar, como se uma janela estivesse aberta. Chego à porta da cozinha. Então a empurro com a mão, curiosa para saber de onde vem o barulho, e a porta se abre, só uma fresta. Mal tem espaço suficiente para que eu possa divisar o seu interior.

Abro mais a porta e dou um passo para dentro. A luz não se acende automaticamente. Está escuro, mas consigo distinguir uma bancada comprida, prateleiras contendo panelas, frigideiras e pratos. Não sabia que a cozinha era assim tão grande. Parece continuar para sempre. Por que a luz não acendeu? Agito a mão, na esperança de ativar o sensor. Mas não ativa.

Ouço o barulho de novo, ergo os olhos e vejo movimento no final da cozinha. Vejo uma pessoa. É Jack.

Ele está de costas para a porta, então não me vê. Dou dois passos indecisos na direção dele. De repente ele se vira para mim. Tem a camisa branca desabotoada. Está suado e tem algo na mão. Segura uma taça de vinho. Está murmurando consigo mesmo.

— Jack?

Chego mais perto, tentando enxergar melhor. Ele está falando sozinho.

— Só o que faço é trabalhar, trabalhar, trabalhar. Todo dia. Ela é obcecada. Pelo quê? Nem mesmo posso ir lá fora. Mas não tenho alternativas.

Ele parece atônito, em pânico, envergonhado.

— Comecei a trabalhar aqui pensando que seria temporário. Mas não é. Não consigo ir embora!

Ele me vê. Olha bem para mim.

— Sou um covarde — diz ele. — Somos todos covardes. Todos temos medo da mesma coisa.

— Do que temos medo? — pergunto.

Ele enxuga o rosto. Está chorando. Eu não devia ver isso. Não deveria estar aqui.

Jack bebe o resto do vinho. E depois ri. Parece mais um riso por entre os dentes, mas é um som inquietante, como o som da dor. De um animal ferido. Seus olhos estão sombrios. O rosto, indecifrável. Tento, mas não consigo falar. Não consigo emitir som algum.

Do que temos medo? Tento dizer de novo, mas desta vez não consigo fazer com que minha voz saia. Bato o pé, na esperança de que reverbere, mas nada acontece.

Viro-me e saio o mais rápido que posso.

FORA DA COZINHA, PASSO pela sala de jantar, volto pelo corredor. Aqui não é o lugar confortável e aconchegante que pensei que fosse. Eu estava errada sobre isso, enganada. A cada passo, cada pulsação, sinto meu coração bater mais rápido e mais forte. Continuo andando, tento me controlar. Não quero que eles vejam minha aflição. Quero me esconder. Olho para as paredes à minha volta, o teto e o chão. Não parecem os mesmos de quando estive aqui com Ruth, agora há pouco. As paredes mudaram. E eu também.

Bato na parede com o nó do dedo e felizmente isso faz o som familiar de osso na madeira. Posso ouvir de novo meus passos enquanto caminho. Volto ao meu quarto, entro e fecho a porta. Fico parada no escuro, de costas para a porta, olhando minha cama grande e confortável. Ela chama por mim.

Sinto que o coração se desacelera, a respiração fica mais lenta. Eu me deito, me enfio embaixo das cobertas e fecho os olhos.

MINHA MENTE ESTÁ ACELERADA. Estou ansiosa demais para dormir. Tanta coisa aconteceu. E tudo... esta noite? Primeiro, o jantar, depois a conversa com Ruth. Ver Jack naquele estado de desespero. Vê-lo me vendo. A expressão dele. Será que Hilbert está dormindo no quarto dele?

Ruth falou algo sobre Shelley ficar furiosa se nos descobrisse no salão de beleza. Jack disse que ela é obcecada. Com o quê?

Onde está Shelley? Para onde ela vai à noite?

Sinto uma dor surda nas têmporas. Estou transpirando. Sinto calor em um momento e frio no outro. Eu me sento. Depois, levanto. Ando de um lado para outro do quarto. O que Jack estava fazendo na cozinha?

Eu devia ter ficado mais tempo lá, tentado ajudá-lo. Ele estava tão perturbado. Mas não consegui falar. Não consegui emitir som algum.

Tiro o cardigã. Visto de novo. Não consigo sossegar.

Para onde Shelley vai à noite?

Ponho a mão no bolso do cardigã. Sinto alguma coisa — uma folha de papel.

Pego e a olho. É um dos bilhetes que escrevi no meu apartamento.

Transferências horizontais de genes.

Busca da vida a todo custo.

A PIOR FEBRE QUE TIVE na vida foi quando eu tinha doze anos. Fiquei de cama por uma semana. O médico disse a meus pais que eu estava gravemente doente, que era crítico. Minha temperatura era de 39 graus. Eu não conseguia segurar nada no estômago.

Esta febre é pior.

Parece que fui atropelada por um trem, arrastada por alguns quilômetros e largada em uma vala.

Não consigo enxergar direito. Não consigo parar de tremer de frio, mas o suor jorra de mim. Tem gente em volta da minha cama, entrando e saindo do meu quarto. Elas estão empacotando coisas? Jack? Esse é Jack?

Shelley?

Duas pessoas conversam ao pé da minha cama. Ouço o violino de Pete.

Alguém me leva ao banheiro. Segura a minha testa. Estou vomitando.

É noite, depois dia, depois noite, depois dia de novo.

Tenho tanta sede.

Grito pedindo algo para beber, mas agora, justo quando preciso, não tem ninguém aqui. Estou sozinha de novo. *Alguém me ajude!* Está escuro. Estou tremendo, mas preciso de água. Esforço-me para sair da cama e, com pernas trêmulas, ando lentamente até o banheiro para conseguir o que beber.

A escuridão é tanta que preciso tatear em busca do interruptor de luz do banheiro, passando a mão pela parede de cima a baixo. Não deveria demorar tanto. Onde ele está? Encontro e viro para cima. A luz se acende e solto um grito.

Mas não há som algum. Apenas sinto que gritei. Posso sentir o grito dentro do meu corpo.

O que ele está fazendo aqui? Na minha frente. Sentado em minha cadeira. Tem uma tela no colo. Está trabalhando nela intensamente, pintando. Ele detesta ser interrompido quando trabalha. Não consigo acreditar que ele esteja aqui. Parece tão velho. Eu o vi no dia em que morreu e ele não parecia tão velho assim. Ele ergue os olhos do trabalho. Olha em cheio para mim.

— Que foi? O que é agora? Mas que diabos você quer? Não vê que estou trabalhando? Me deixe em paz! Preciso de tempo. Há muito o que fazer.

Cambaleio para trás, tonta, e apago a luz. Caio na cama, tremendo, e me arrasto para baixo das cobertas de novo.

Parte 3

—**B**OM DIA. Abro os olhos para um borrão de cor amorfa. Tento focalizar.

Jack está ao lado de minha cama. Minha cabeça parece pesada e não sei bem onde estou. Então me lembro: uma febre, Jack, a cozinha. Eu o vi naquele estado frenético. Não consegui falar. Ele chorava. Vi suas lágrimas.

Será que isso foi um sonho? Fiquei tão doente. Por quanto tempo? Dias? Uma semana? Não faço ideia.

Mas do que me recordo, nitidamente, é de *vê-lo*. Eu o vi ontem à noite. Ele estava aqui. Sentado em minha cadeira, pintando.

Olho para Jack, que parece descansado e renovado, não do jeito que estava no escuro da cozinha.

— O que aconteceu? — pergunto, a voz rachada e rouca.

— Você esteve doente — diz ele. — Uma perturbação gástrica.

— Desde quando?

— Desde o jantar de ontem. Alguma coisa não caiu bem em você. Passei a noite toda aqui, te ajudando. Como se sente agora?

— Você ficou aqui comigo? Ontem à noite? — pergunto.

Ele faz que sim com a cabeça.

Eu me sento. Me sinto velha, mas... estou bem. Sinto que sou eu mesma de novo. Como me senti ontem, antes de tudo acontecer. A cama ainda é macia e quente. Jack está cuidando de mim.

— Foi horrível — digo. — Parece que fiquei uma semana doente.

— Intoxicação alimentar é terrível. Você teve febre alta.

Bebo um gole de água do copo ao lado da cama. Está fria e acalma minha garganta arranhada.

— Mais alguém adoeceu? — pergunto, colocando a mão na testa.

— Sim, todos — diz ele.

— E você e Shelley?

— Como se sente agora? — pergunta ele. — Tem algum apetite?

Penso em comer um prato de torrada com ovos e, para meu choque, meu estômago ronca.

— Sim — digo. — Na verdade, estou com fome.

— Isso é um bom sinal.

Jack me passa um dispositivo liso que cabe perfeitamente em minha mão.

— Trouxe uma coisa para você. — Ele fala aos sussurros, inclinando-se. — Mas não conte aos outros.

Olho o dispositivo nas mãos.

— O que é isso?

— Música — diz ele. — Para seus fones de ouvido. É um iPod. Eu não me esqueci.

— Não sei usar isso — replico.

— Olha, vou te mostrar, aprende-se rápido — diz ele.

Ele leva um momento para me mostrar como se usa o dispositivo. Parece algo que vou conseguir usar.

Ele se vira para sair e chamo por ele quando está à porta.

— Por que você fez isso por mim?

— Porque gosto de você. Gosto de como me fala das coisas. De como é aberta.

Ele está a ponto de ir embora.

— Jack, o que aconteceu? Quando eu vi você. Você estava chorando. Está tudo bem?

— Está tudo bem, Penny. É um novo dia. O café da manhã estará pronto quando você quiser.

DEPOIS QUE ELE SAI, fico sem me mexer por um ou dois minutos. Permaneço deitada na cama, tentando equilibrar meus pensamentos. Apalpo os lençóis de alto a baixo. Estão secos, não encharcados de meu suor. A noite em que passei mal foi a de ontem? Neste momento, nesta manhã, parece fazer muito mais tempo do que isso. Minha cabeça ainda está confusa, mas a barriga ronca de novo, dizendo-me que é hora do café da manhã. Já estou cheia de fome. Eu me sento na cama e, em seguida, levanto.

Antes de calçar os chinelos, noto que as unhas dos meus pés estão compridas. Meu joelho vacilante não está dolorido como de costume. Passo a mão nele e levanto e abaixo a perna. Nem mesmo parece rígido.

Os efeitos da intoxicação da noite de ontem passaram completamente. É bom me sentir bem. Eu nunca dizia isso em meu apartamento. Nunca pensava nisso. E passei tão mal esta noite. Sinto-me muito melhor esta manhã. Melhor do que nunca. O sol enche meu quarto e acentua como minhas paredes são nuas.

Queria que estivessem decoradas. As paredes do meu apartamento eram tão atulhadas e cheias de fotos, pôsteres, pinturas.

Também sinto falta dos meus álbuns de fotos. Devo ter tido seis ou sete, todos completos. Eu os pegava periodicamente, folheava. Adorava ver os rostos antigos.

O que aconteceu com todos aqueles álbuns? Não estão aqui.

Tenho dificuldade para me lembrar do dia ou dois que levaram para a mudança. Mike empacotou tudo. Será que ele retirou tudo das paredes? Lembro-me de dizer que queria os álbuns de fotos. Mas por que, em vez disso, ele encaixotou minhas pinturas? O que aconteceu com todas as coisas cuja falta não sinto, mas usava todo dia: talheres, copos, pratos? Minha cama? A mesa da cozinha? Minha poltrona? Passei tantas horas naquela poltrona.

Noto que ainda estou segurando o pequeno dispositivo que Jack me deu. Pego os fones de ouvido na mesa de cabeceira e os coloco. Aperto o play e de imediato meus ouvidos se enchem de música. Duke Ellington.

Olho as árvores pela janela. Olho as paredes vazias. Olho o teto, que é branco, como as paredes. Parece que estou recomeçando. Uma *tabula rasa* para o tempo que me resta.

Tiro os chinelos e deslizo pelo quarto, descalça, movendo-me de um jeito que me surpreende ainda ser possível, de um jeito como não me movo há muito tempo.

Nem acredito nisso. Estou dançando.

É SHELLEY, E NÃO JACK, quem serve o café da manhã de hoje. É a primeira vez que isso acontece. Tenho a sensação de que faz algum tempo que não a vejo. Ela não me pergunta como estou nem demonstra nenhuma solidariedade por minha noite doente. Há uma intensidade em suas maneiras esta manhã, uma rispidez.

Estou faminta. Começo por uma torrada. Já tem manteiga, mas passo mais, espalhando até as bordas de tal modo que a fatia brilha. Também temos frutas, iogurte e ovos cozidos. Pego dois ovos na travessa.

Comemos. Todos comemos atentamente; uma necessidade humana tão básica.

Ergo os olhos do prato, para Hilbert. Acho que ele é mais velho do que eu. Mas não estou interessada em quantos anos ele tem. Existem outras maneiras de avaliar o tempo e a experiência.

— Há quanto tempo você está aqui? — pergunto. — Na Six Cedars?

— Não sei — diz ele. Seus olhos parecem diferentes esta manhã. Não tão brilhantes e vivazes como estavam ontem.

Ele salpica um pouco de sal e pimenta em seu ovo.

— Não ficou indisposto ontem à noite? Eu passei muito mal — digo.

— Você passou mal? Ontem à noite? Lamento saber disso. Espero que se acostume.

— Me acostumar?

— Com os dias se misturando uns com os outros — diz ele, dando uma dentada no ovo. — É o que acontece aqui.

Ruth e Pete estão ocupados, comendo. Pete, como sempre, está arriado e inteiramente concentrado na comida. Mas sei que Ruth está de olho em nós.

— Estou me sentindo bem aqui — sussurro. — Mas ainda sou nova aqui. Ainda estou me acostumando.

— Isso. Todo dia — diz ele. — O que fazemos aqui não muda. Nós trabalhamos.

Algo muda dentro de mim quando ele diz isso.

— Todos nós temos nosso próprio trabalho, mas os dias nos parecem iguais. Espaço e tempo são ilusórios. Pense em frações equivalentes. As frações que têm numeradores e denominadores diferentes, mas são iguais ao mesmo valor. Três sextos e quatro oitavos são iguais a um meio. É tudo a mesma coisa.

Ele coloca a outra metade do ovo na boca.

— Talvez exista algo que possamos fazer para mudar isso — digo. — Para que as coisas não se misturem.

— Duvido. Acho que sempre foi assim por aqui — diz ele.

— Acho que é assim que ela quer.

Dou uma dentada na torrada. Mastigo, engulo.

— Você posaria para mim? — pergunto.

Ele leva alguns segundos para entender o que acabo de perguntar. Limpa a boca com o guardanapo e parece se empertigar.

— Não sei se ela aprovaria isso — diz ele.

— Também não sei — afirmo.

— Bom — diz ele, estalando a língua enquanto pensa. — Sim.

Hilbert me responde de um jeito que quase parece me fazer uma pergunta. Mas não me importo. Ele disse sim.

A última pessoa a posar para mim foi uma mulher de nosso prédio. Deve fazer uma década. Ela não estava familiarizada com arte, retratos ou surrealismo. Era uma mãe solteira, garçonete em uma cafeteria a duas ruas dali. Tinha um rosto extraordinário: perfeitamente redondo, com rugas e sereno. Eu queria que ela visse o próprio rosto como eu o via. A beleza, a tenacidade, a graça, a experiência. Estava tudo ali. Mas como todo meu trabalho, jamais senti que minhas pinturas dela estivessem acabadas, então nunca mostrei a ela.

Um clarão de empolgação surge em minha barriga, um formigamento.

Faço um sinal de aprovação e recomeço o desjejum, servindo-me de um terceiro ovo.

—**ESTÁ NA HORA DE** uma reunião — diz Shelley bruscamente, enquanto tira nossos pratos da mesa.

Não falamos nada, mas nos levantamos e partimos para a sala de estar comunitária. Estou tentando ver os olhos de Hilbert, mas ele não olha para mim, como se acreditasse que não devia fazer isso. Sua expressão é vazia e difícil de interpretar enquanto ele olha fixamente à frente.

Seguimos em fila única pelo corredor. Os únicos sons são de nossos passos e Shelley cantarolando atrás de nós.

Todos pegamos nossos lugares. Está mais quente aqui do que na sala de jantar ou no corredor. Sinto no braço o calor do sol que entra pela janela. Ninguém fala nada. Nem Hilbert, nem Ruth. Naturalmente que Pete também não. Nem mesmo Shelley. Só fica sentada ali, sorrindo, olhando-nos.

O que é isso? O que está acontecendo?

O silêncio é tanto que levo a mão ao ouvido para sentir se estou usando meus fones de cancelamento de ruído, mas não estou.

Ainda assim, ninguém fala. Inclusive eu. Eu podia dizer alguma coisa. Podia ser aquela a falar, a quebrar o gelo, mas não falo.

Hoje está ventando mais. Vejo o vento balançar os galhos das árvores do lado de fora. É bonito. Nenhuma folha nas árvores, só os galhos e os gravetos nus. Elas devem ser antigas, as árvores. Estão aqui há muito mais tempo do que esta casa.

— Jack? — diz Shelley, rompendo o silêncio.

Viro-me da janela para ela. Não sabia que Jack se encontrava no hall. Por que ele não estava no café da manhã? Por que está esperando lá fora?

— Jack, pode entrar agora, por favor.

Sou a única que se vira para a porta. Jack entra, mas não diz nada.

— Aproxime-se — diz ela.

Ele obedece, aproximando-se, passando por mim na direção dela. Nossos olhos se encontram brevemente. Shelley se levanta em toda sua altura. É vários centímetros mais alta do que ele. A disparidade entre eles parece maior do que pensei que fosse. Ela pega uma cadeira e a leva para o meio do semicírculo.

— Sente-se.

Jack, de jaleco branco, hesita, depois se senta, nervoso, balançando uma perna. Olho para Hilbert, Pete e depois Ruth. Todos estão intensamente concentrados nele. Parecem decepcionados. É como se todos eles assumissem a atitude de Shelley.

— Você nunca vem participar de nossas conversas — diz ela.

— Desculpe-me por deixá-lo de fora.

Ele olha fixamente para o chão e dá um pigarro.

— Por que não nos conta alguma coisa?

Ele está inquieto. Não consegue ficar parado.

— O que, por exemplo? — pergunta ele, olhando nos olhos dela. — O que tem em mente?

— Ah, não sei. Por exemplo, o que você fazia antes de trabalhar aqui.

O que ele fez para aborrecê-la? Por que ela o está confrontando na nossa frente, desse jeito? Será possível que ela o viu como eu vi? Perturbado, assustado, infeliz, bebendo vinho. Será que ela quer marcar território?

— Eu estava desempregado — diz ele.

— Você morava com alguém?

— Não.

Não gosto de como Shelley fala com ele. É agressiva. Sinto-me constrangida por Jack. Por todos nós.

— Como era a sua casa?

— Onde eu morava?

— Sim.

— Pequena.

— Aconchegante?

Ruth está prestes a falar quando Shelley levanta a mão.

— Deixe Jack falar agora, Ruth.

— Não — diz ele. — Era uma porcaria de lugar.

Shelley se levanta e vai à janela. Fica parada ali no sol, olhando a floresta.

— Você gosta daqui? De estar conosco?

— Sim.

— Você gosta do que aqui?

— Tenho trabalho, moradia e faço parte do grupo.

— Você tem trabalho aqui. Ganha um salário decente. É um privilégio. Todo mundo precisa de um propósito. Nosso trabalho é uma realização para nós.

— É sorte minha ter este emprego — diz ele.

Shelley se vira com um sorriso luminoso. Seus olhos brilham. Nunca a vi com um sorriso tão largo.

— Fico feliz por se sentir assim. E é sorte nossa termos você.

Jack se levanta. Sem olhar para Shelley, ou para qualquer um de nós, ele sai apressado. Estou em choque.

Depois que ele sai, Ruth se levanta.

— Jack ainda é um de nós, não é? — pergunta a Shelley.

— Claro que ele é um de nós — diz ela. — Todos nós precisamos de algum estímulo de vez em quando. É só isso. Para lembrar onde estão as prioridades e o que é mais importante.

O QUE FOI AQUILO? O que aconteceu ali?
Shelley estava zangada com Jack?
Ela tentava constrangê-lo? Enfatizar que ela é a chefe, que sempre está no controle, que ele precisa deste emprego, que pode ser substituído, que não teria nada sem nós, sem esta casa?

Não conheço Shelley. Nem um pouco. Moro com ela, ela me dá banho e lava meu cabelo. Ela cuida de nós. Mas leva tempo para se conhecer alguém, para entender suas motivações e crenças.

Fico repassando mentalmente o que ela disse a Jack. Estou sentada em minha poltrona, em meu quarto, minha cama à direita, quando de repente me dou conta: este quarto não é o meu. É o quarto de outra pessoa.

Vim da reunião direto para cá. Vim sozinha, usei o banheiro, sentei-me e só agora entendo meu erro.

Este deve ser o quarto de Ruth.

Que erro idiota de se cometer. Como sou tola.

Imagino o que Ruth pensaria se me visse aqui deste jeito, sentada em sua poltrona. Ela não ia gostar. Ia ficar chateada.

O quarto é quase idêntico ao meu. A diferença mais óbvia é que ela tem um dicionário Francês-Inglês na mesa, onde eu tenho minha lata de pincéis.

Sei que não devia, mas não consigo resistir. Serei rápida. Eu me sento em sua cama. É macia e firme, como a minha. Não noto diferença alguma. Recosto-me, rolo de lado e sinto o cheiro do edredom.

Eu me levanto e vou até a cômoda. Em vez de um porta-retratos e uma escultura, ela tem um vidrinho. Pego. Abro a tampa e cheiro. Reconheço de imediato o aroma. É um perfume que eu adorava. Eu tinha um igual. Só comprei uma vez e o usava muito pouco. O frasco durou anos e anos comigo.

Lembro-me de que ele não gostava. Foi o motivo para eu ter parado de usar. Tenho certeza de que foi por isso.

Ele nunca disse especificamente para eu me livrar do perfume, mas eu sabia que não deveria usá-lo no apartamento quando ele estivesse em casa. Não valia a pena diante dos comentários que eu receberia dele. Eu só usava quando saía sem ele. Ele fazia muito drama com isso. Ainda posso ver seus olhos, os ombros arriados, como ele suspirava, a expressão exasperada como se meu uso do perfume fosse alguma afronta a ele.

Cheiro de novo. O aroma não mudou em todos esses anos. É extraordinário.

Quando inspiro longamente o perfume, eu me lembro. Lembro-me de nós falando deste lugar, Six Cedars. Conversamos sobre isso. Falamos de como a casa era bonita. Como seria bom morar tão perto de uma floresta grande. Que eu sempre quis morar em um lugar perto de uma floresta. Até agora, eu tinha me esquecido completamente disso. Eu quis morar aqui.

Cheiro de novo.

Procuro escutar para saber se vem alguém pelo corredor. Umedeço o dedo no perfume, passo atrás da orelha, no pulso. Esfrego um pulso no outro. Não consigo evitar. Recoloco a tampa e o perfume na cômoda, e saio para encontrar Hilbert.

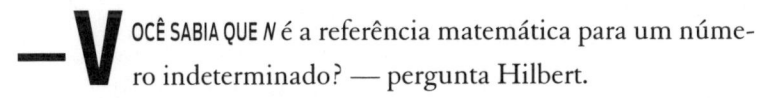

— **V**OCÊ SABIA QUE *N* é a referência matemática para um número indeterminado? — pergunta Hilbert.

— Não — respondo.

— Uma coisinha à toa, só uma letra, mas é necessária.

— Você tem um jeito diferente do meu de ver as coisas — digo.

— Eu sinto o mesmo com relação a você — diz ele.

— Existem coisas que você entende e eu não.

— E vice-versa — diz ele. — Depois que conversamos, fico pensando nas coisas que você me diz.

Sinto um calor se espalhar no peito.

— Há quantos dias nós nos conhecemos?

— Não sei bem. A soma importa?

— Eu estava me perguntando se podíamos experimentar uma coisa — digo.

— Quando? — pergunta ele.

— Hoje — digo. — Agora.

— Neste momento?

— Sim.

— O que você quer experimentar?

— Quero que seja um segredo. Só entre nós.

— Tudo bem, Penny — aquiesce ele.

— Venha comigo — digo, estendendo o braço e segurando sua mão comprida e pesada.

D E MÃOS DADAS, SEGUIMOS pelo corredor arrastando nossos chinelos na direção do meu quarto. Só nós dois. Podemos ficar em paz aqui. É silencioso. Peço a ele para se sentar na poltrona enquanto pego meu material de pintura. Ele fica mexendo no punho do paletó.

— Pode relaxar — digo.

— Nunca fiz isso na vida — replica ele.

— Isso é bom.

Enquanto me preparo, olho para Hilbert, a forma como se senta, o leve tremor nas mãos, como ele olha o quarto. Ele ainda é curioso nesta idade, ainda atento.

— Você era casado, Hilbert? Antes de vir para cá?

— Fui casado. Sou viúvo.

— Lamento — digo.

— Ficamos muito tempo juntos — diz ele.

Ele se acomodou e começo a pintar.

— Como era ela?

— Era inteligente — responde Hilbert. — Intensamente lógica. Foi a primeira coisa que amei nela. Você foi casada?

— Não, mas tive um parceiro por muitos anos. Morávamos juntos. Ele era artista plástico.

— Você estudou para fazer isso? — pergunta ele.

— Pintar?

— Sim.

— Não, formalmente não, aprendi sozinha. Lendo livros, experimentando coisas, indo a galerias. Não gosto de dizer que sou autodidata porque muita coisa me influenciou.

— Deve ter sido melhor assim. Estudei por muito tempo, muitos anos, durante a maior parte do início de minha vida adulta, estudo acadêmico, formal. Nunca pensei que fosse gostar de dar aulas, mas gostei.

— Você ensinava matemática na universidade?

— Sim, e tinha meu próprio trabalho para me manter ocupado. Havia pressão para publicar. Mas, à medida que envelhecia, eu sentia cada vez menos essa pressão, no entanto continuei trabalhando. Preenchi muito papel quadriculado azul com o passar dos anos.

— É como se você tivesse voltado ao que o fez começar, antes de qualquer coisa.

— Foi minha mãe que me fez começar. Ela me ensinou aritmética básica na mesa de nossa cozinha.

Posso imaginá-lo quando jovem — na verdade, eu o vejo assim —, sentado e recurvado sobre uma mesa, segurando um lápis.

— Isso é tão bonito. E foi isso que o cativou?

— Acho que sim — responde ele. — Nunca parei depois disso. Sempre havia mais a aprender.

— Sim, eu sinto o mesmo, mas por motivos diferentes. A pintura sempre pareceu um playground para a emoção. Não só a minha.

Tinha a ver com limites, limites físicos. Sempre parecia que a arte de que eu gostava me encontrava, e não o contrário.

— Sim, sim, compreendo. Sei que o quer dizer — diz ele.

Ele mantém a posição extraordinariamente bem, recostado na poltrona, com os ombros retos.

— A única coisa que lamento por nunca ter exposto o meu trabalho é o fato de que perdi a chance do processo de ver como cada pessoa reage de forma diferente a ele. Não falo da compreensão, é de ter uma reação. Qualquer reação.

— Então você nunca expôs seu trabalho? Nunca fez um vernissage?

— Não — digo. — Nunca fiz.

Ele descruza as pernas e olha diretamente para mim. Sei que está se perguntando se tem algum problema em sair da pose. Faço que não com a cabeça.

— Não precisa ficar em uma posição só — comento. — O que for confortável para você.

Ele solta o ar, deixa os ombros arriarem um pouco e muda de posição na poltrona.

— Conhece a hipótese de Riemann?

— Não — digo. — O que é?

— Temos de começar por números primos e voltar a Euclides, que foi o primeiro a provar que existem infinitos números primos. Infinitos! A própria hipótese de Riemann nunca foi provada, mas... — Ele se detém, a voz sumindo. — Que estranho, só estou tentando esclarecer isso direito.

Ele pensa por um momento.

— Eu costumava saber tudo isso de cor e sabia descrever. Infelizmente não me vem nada agora. Desculpe.

Ele baixa os olhos, ruborizando.

— Está tudo bem. Eu pensava que entendia completamente o sentido da pintura, mas, à medida que envelhecia, comecei a achar que a arte trata de diferentes maneiras de ver. Nunca fui inspirada por algo inteiro. Sempre é um fragmento, um farelo, uma fração de um momento, uma impressão meio esquecida, um lado de uma pessoa. Nunca plenamente formado porque só pode ser a minha visão de uma coisa, e não a de outra pessoa.

— Como eu, agora?

— Sim. Como você. Agora.

Ele sorri, passa os dedos nos cabelos brancos.

— Tudo muda — diz ele.

— Até mesmo nos últimos dias, sinto que eu mudei. Sei que mudei. Drasticamente. Estou comendo mais, dormindo melhor. Conhecer você me mudou também — digo.

— Cuidam de nós aqui. Assim podemos simplesmente viver.

Fico algum tempo pintando em silêncio.

— Parecia tão confortável quando cheguei — comento. — Mas tem uma coisa me preocupando.

— Aqui?

— Sim. Ela já falou com Jack daquele jeito?

— Shelley?

— Sim. Ela o humilhou na nossa frente. Foi estranho.

— Eu... lamento — diz ele, parecendo perplexo. — Não lembro se ela já fez esse tipo de coisa.

— Está tudo bem. Não tem importância.

— Minha mente certamente não está tão afiada como no passado. Minha memória parece ir e vir.

— Sim — digo. — A minha também. Algumas coisas simplesmente desbotam.

— Acho que viver como nós vivemos torna o momento presente mais importante. Cada momento, até o seguinte.

— Isso o assusta? — pergunto.

— O quê?

— Viver momento a momento. Não ser capaz de lembrar.

— Sim — diz ele. — Assusta.

— A mim também.

Paro o trabalho enquanto Hilbert tosse na mão, depois dá um pigarro seco.

— Mas talvez não seja ruim — diz ele. — Ficar assustado.

— Eu sinceramente aprecio isto — retruco. — Ter você aqui.

— Fiquei feliz por ter me convidado a posar para você. Fico nervoso por passar por isso, mas o convite me agradou.

— Nunca falei com mais ninguém sobre minha memória.

— Pelo menos não que você consiga se lembrar — ele diz, sorrindo.

Nunca consegui examiná-lo tão atentamente, com tanta intensidade. Seu rosto, as mãos. Os olhos. A covinha no queixo.

— Temos de continuar nos ajudando quando pudermos — digo.

— Cuidando um do outro — diz ele.

— Quanto mais conversamos — digo.

— Mais entendemos — acrescenta ele, terminado minha frase.

Uma porta se fecha no corredor. Paro, esperando ouvir passos, mas não há nenhum. Apenas o silêncio.

— Nós conversando, mesmo sem ir a lugar nenhum, é nossa pequena insurreição — digo.

— Nossa rebelião particular — complementa ele, e ambos rimos.

Depois de algum tempo, paro e baixo o pincel.

— Eu estava pensando que talvez...

— O quê?

— Não, é tolice.

Ele me olha de um jeito encorajador.

— Quem sabe — digo — você poderia tirar a camisa?

Eu não pretendia pedir isso. A ideia só me apareceu agora. Neste momento. Ele não diz nada. Sua expressão é ambígua. Não devia ter sugerido isso.

— Não — responde ele depois de uma longa pausa. — Acho que você não vai querer ver um velho sem camisa.

— Quero. Um corpo fica mais fascinante com a idade. Fica mais honesto.

Para minha surpresa, ele assente.

Eu me levanto e me aproximo até ficar a uns trinta centímetros dele. Passo a desfazer sua gravata, mas me atrapalho com o nó antes de conseguir deslizá-lo. Tiro seu paletó. Começo pelo alto, desabotoando a camisa, as mãos ficam firmes de novo. Sinto que minhas faces esquentam quando chego ao último botão. Vejo o mesmo rubor nas faces de Hilbert.

— Posso sentir meu coração batendo — diz ele.

Ele segura minha mão e a coloca em seu peito nu. Sua pele não tem pelos e é macia. Sinto que ele está transpirando, só um pouco.

— Obrigado — diz ele.

— Obrigada — digo.

Sinto meu próprio calor, meu coração batendo, como o de Hilbert.

— Pode ficar em pé? — pergunto.

Ele se levanta e, por um momento, ficamos apenas nos olhando. Assimilando um ao outro. A pele dele é enrugada e flácida. O torso imperfeito de um homem velho. Anos expostos naquela pele caída: momentos silenciosos de orgulho e vergonha, excitação e medo, alegria, culpa, desejo, felicidade, perda, amor. Vejo tudo isso. Tudo isso e ainda mais. Como em mim mesma.

Não dizemos mais nada enquanto continuo a trabalhar.

NÃO SEI POR QUANTO tempo ele fica em pé ali daquele jeito, de ombros retos, as mãos ao lado do corpo, sem camisa. Seus olhos fixos no chão, ou na janela. Em alguns momentos, ele parece imerso em pensamentos, em outros abre um sorriso sem nenhum motivo aparente. É impressionante que ele aguente ficar em pé por tanto tempo. Deve fazer uma hora. Talvez mais.

A certa altura, ele me diz:

— $7 \div {}^2\!/_3 = 7 \times 3/2$. Se dividir por uma fração, você pode inverter a fração e multiplicar.

Pergunto se ele está cansado, se sente frio, se quer fazer uma pausa. Ele sempre diz não. Diz que devo continuar.

E continuo. Continuo pintando, perdendo-me no trabalho. Estive acrescentando detalhes a seu queixo e aos seus lábios e até senti uma mudança no quarto. Não tinha notado antes, mas agora é inconfundível — a sensação de que há mais alguém aqui conosco. Outra presença.

— Vamos descansar um pouco — digo.

Passo o cardigã nos ombros e ajudo Hilbert com a camisa.

— O que é isso? — pergunto, ao notar algo, um calombo, em sua nuca.

Estico a mão sobre seu ombro e toco com o dedo. O que é? Uma verruga? Uma espinha? Parece um crescimento estranho, como um aglomerado de cogumelos mínimos. Ele se retrai quando toco.

Shelley entra sem bater. Olha para nós, de pé ali juntos, Hilbert com a camisa meio desabotoada, minha mão em seu pescoço. Tenho o impulso de esconder meu pincel, a tela. Quero cobrir o retrato. Este deveria ser nosso segredo. Escondido dela. Dos outros.

— O que está fazendo aqui? — pergunta ela a Hilbert. — Estive procurando por ele. Está na hora de sua sesta.

— Já? Que horas são?

Ela me ignora.

— Venha, Hilbert. Vamos.

— Mas ele tem umas marcas — digo. — No pescoço. Uns calombos.

Isto a faz parar de imediato, surpresa.

— Marcas? — diz ela.

— Sim, parecem inflamadas.

Hilbert levanta a mão e toca o ponto na nuca.

— Agora chega, Penny. Não perturbe Hilbert.

— Não o estou perturbando.

— Está, sim. Você tem uma imaginação hiperativa, o que é bom para o seu trabalho, mas não quero que isso prevaleça em você.

Hilbert se inclina para mim, falando baixinho, para que Shelley não ouça.

— Quero que pinte essas marcas, se é isso o que você vê em mim — cochicha ele. — Pinte o que você vê.

— Vamos — diz Shelley, e o conduz para fora.

Só quando eles saem, percebo que posso ouvir Pete tocando o violino.

AGORA SOU APENAS EU. Só. Solitária. Desassistida. Uma eremita. Sozinha em meu quarto, como se estivesse de volta ao meu apartamento. Sem Hilbert. Sem ninguém com quem conversar. Ninguém em quem tocar. Ninguém para pintar.

Entro no banheiro, abro a água quente e jogo um pouco no rosto, no pescoço e nos pulsos.

O que acabei de ver na pele de Hilbert? Estava ali quando eu estava pintando? Se estava, não percebi. Talvez eu esteja imaginando. Talvez fosse só uma sombra. Nem sempre podemos confiar em nossos sentidos.

Viro-me lentamente em um círculo completo, olhando as paredes do meu quarto, depois baixo os braços e as mãos. Tenho o forte instinto de me arrastar para a cama e me meter embaixo das cobertas, de trancar a porta. Mexo na maçaneta.

Não tem tranca na minha porta. Não posso trancá-la.

Entro no banheiro de novo e olho o batente e a porta. Também não tem tranca ali. Examino a área em volta da pia e do espelho. Abro a cortina do boxe. Volto ao quarto e vou à janela, a luz do dia esmorecendo.

Não estive lá fora desde que cheguei aqui. Nem uma vez. Quero respirar ar fresco, senti-lo no rosto.

Já faz tanto tempo. Estamos respirando o mesmo ar aqui. Antigamente eu saía, ia ao parque, sentava-me no banco perto do caminho. O ar fresco é essencial para a humanidade, para animais, plantas e árvores.

Vou até minha mesa e à mesa de cabeceira, acendo o abajur, apago. Acendo. Apago. Acendo. Apago. O estalo me tranquiliza. O retrato inacabado de Hilbert olha para mim.

Em seguida, me sento na cama. No silêncio. Ouço um leve zumbido, quase como se fosse o de um inseto, uma abelha. Viro a cabeça de lado, tentando escutar melhor. É quase indistinguível do silêncio.

Eu me levanto de novo, volto à mesa. O som fica mais alto à medida que me aproximo, até que me posto bem em frente à mesa. Acima de mim tem uma lâmpada. Como em meu apartamento. Quando eu caí. Bati a cabeça. Alguém estava no apartamento comigo. Acordei com sangue na cabeça, sangue no chão.

Viro a cadeira e, com certa dificuldade, consigo colocar um joelho na cadeira, depois o outro. Da cadeira, subo na mesa. Minhas articulações velhas funcionam. Não caí desta vez. Meu quarto parece diferente daqui de cima, menor. Equilibro-me e, depois, usando a parede como alavanca, fico na ponta dos pés, chegando o mais perto possível da lâmpada. A luz sem dúvida é a fonte do zumbido. Estou tão perto. Fecho os olhos... escutando.

As pequenas e velhas abelhas... A verdade é que elas têm inteligência suficiente para praticar a matemática.

Quem disse isso? Quem me disse isso? Quando foi que ouvi isso?

Abro os olhos.

Estou de pé em minha mesa. Olho o quarto. Estou sozinha. Ainda ouço o zumbido, mas não é mais um zum-zum-zum indecifrável. É familiar. Vozes. Pessoas falando ao mesmo tempo. Vozes se atropelando, nenhuma delas é nítida. Procuro desesperadamente entender o que dizem.

Fecho os olhos.

Vejo rostos. O rosto dos outros. De nós. Pete, Ruth, Hilbert. Vejo-os de perto, cada rosto, lábios e dentes, mordendo comida, mastigando, engolindo, comendo. Pete, Ruth, Hilbert. Pete com seu violino. Ruth conjugando verbos em francês. Hilbert curvado sobre seu papel quadriculado, de lápis na mão.

Pete, Ruth e Hilbert. Horrivelmente velhos. Grotescos. Repulsivos de tão velhos. Ignóbeis. Todos nós andando juntos em círculo, para nossa própria proteção.

Está completamente escuro lá fora. Quanto tempo fiquei em pé aqui, no tampo da mesa? Meus pés estão doloridos.

Levanto a mão e, com o braço todo esticado, toco a lâmpada com a ponta do indicador.

Grito, recolhendo o braço imediatamente, quase caindo da mesa.

A lâmpada queimou meu dedo. Desço. Meus pés estão firmemente no chão. Seguro o dedo queimado com a outra mão. Aperto. Ando de um lado para outro. Jack deve ter ouvido meu grito. Ele entra correndo em meu quarto.

— O que foi, Penny? Você está bem?

Olho para ele. Ele quer me ajudar. Mas não tenho coragem de contar a verdade do que aconteceu. Ele pode ficar zangado comigo. Pode contar a Shelley que subi na mesa.

— Machuquei o dedo — digo.

— Ah, não. Deixe-me ver. O que houve?

— Eu... prendi na porta.

Ele olha o dedo, vê que está vermelho. Depois, me olha bem nos olhos.

— Ainda está doendo?

— Está bem. Eu estou bem.

— Prendeu na porta do seu quarto?

— Sim — eu minto.

Ele me olha como se soubesse que não é verdade. É a primeira vez que minto para ele.

— Não tem tranca na minha porta — digo.

— O quê?

— Por que não posso trancar minha porta?

— Não se lembra? Já explicamos isso. Venha — diz ele. — Sente-se.

Ele me ajuda a me sentar na cadeira da mesa.

— Só notei hoje, antes de machucar o dedo.

— As trancas foram retiradas durante a reforma — explica Jack.

Lâmpadas não deveriam zumbir desse jeito. Nem ficar tão quentes. Portas deveriam ter trancas.

— As pessoas precisam de privacidade — digo.

— As pessoas daqui precisam de ajuda. Ela não gosta da ideia de trancas. Não aqui.

— Por quê?

Jack olha para trás, para o corredor, depois de volta para mim.

— Por muitos motivos, Penny — responde ele com irritação. — As trancas podem ser perigosas em um lugar como este.

— Um lugar como este?

— Onde os residentes têm certas... dificuldades. Onde a memória é um problema.

— Minha memória está ótima — digo.

Ele passa as mãos na testa, depois nos olhos.

— Há muita confusão aqui. Trancas seriam uma má ideia.

— Nem a porta do meu banheiro tem uma tranca!

— Ninguém vai incomodá-la enquanto você estiver lá dentro.

— E como vou saber disso?

Jack se aproxima.

— Você se esqueceu de que sofreu uma queda quando subiu em sua mesa?

— Mesa? Eu caí de uma cadeira. Em meu apartamento. Na minha cozinha.

Sinto que instintivamente levo a mão à testa, onde está a casca de ferida. Não sinto nada. Passo a mão em toda a testa. Não tem casca. Nem cicatriz. Nada. Só a pele seca e enrugada. Não pode ser. A cicatriz ainda estava ali ontem. Só estou aqui há alguns dias.

— Tem alguma coisa que eu não saiba, Jack?

— Como assim?

— Aqui. Ela. Esta casa.

Ele sorri, põe a mão em meu ombro.

— Você está se adaptando muito bem.

— Estou falando de uma sensação. Que está aumentando.

— Tem alguma coisa errada nesta casa. No meu quarto.

— Não sei do que você está falando.

— Você anda me vigiando?

Jack revira os olhos, meneia a cabeça.

— Ora, Penny. O que é isso? Temos de saber o que acontece por aqui. Para garantir a segurança de todos.

Ouço o leve zumbido de novo, vindo do alto. Tento espiar a lâmpada sem que ele perceba. Não quero que ele saiba o que estou olhando.

— Então, não tem nada que eu não saiba, em meu quarto? Não me sinto eu mesma. Sinto que tem alguma coisa... aqui comigo, e não gosto disso.

Em mim. Dentro de mim. Não digo isso, mas a coisa parece se expandir, crescer, nos conectar, ligando-nos para sempre.

— Por que somos só quatro morando aqui? — pergunto. — Só quatro residentes?

0,1666666666

— Porque somos uma residência pequena. É bom ser curiosa, Penny. Mas não queremos que a curiosidade transforme-se em paranoia.

— Não sou paranoica!

— Você não se sentia vigiada em sua antiga casa também?

Penso em meus dias no apartamento. A pessoa parada na rua, olhando para mim. As vozes no vizinho. O homem que veio consertar as tomadas. Mike, vendo como eu estava, encaixotando, trazendo-me para cá.

— Havia alguém na rua — digo.

Jack se curva, inclinando-se sobre mim.

— E você disse que estava te vigiando? A pessoa nunca disse nada, nunca tentou se aproximar de você, ou te machucar?

— Nunca falou comigo, não. Mas acredito que soubesse que eu estava sozinha. E estava me observando. Pode ter sido ela.

Sim, me observando, me selecionando, me predando porque sou velha e sozinha. Talvez eu não tenha escolhido este lugar. Talvez eu tenha sido escolhida. Selecionada. Agora que estou aqui, ela tem cada dia planejado para nós. Refeições e sestas. Ela decide quando acordamos e quando devemos dormir. Não vem ninguém aqui verificar como estou, não recebo visitas, ninguém aparece para perguntar se estou bem aqui. Ela saberia disso.

— Sei que foi um período difícil para você antes de vir para cá — diz ele. — Mas preciso que você se lembre de que a mente pode nos pregar peças. Esta casa antiga existe para manter vocês todos seguros e confortáveis. É só isso.

— Eu posso não me lembrar de tudo — digo. — Mas minha mente está ótima.

Sei que ele está ficando irrequieto pelo modo como segura as mãos, esfregando os dedos. Ele suspira de frustração.

— Penny, uma lição que aprendi enquanto trabalhava aqui é que nem sempre temos consciência das mudanças enquanto elas acontecem. A maioria acontece aos poucos, e não da noite para o dia. Você não tem nada com que se preocupar.

Ele se vira para sair, dirigindo-se à porta.

— Por algum tempo, quando eu era mais jovem — digo, o que o faz parar —, eu achava que pintaria mais.

Ele está bem na porta, de costas para mim, mas me ouve.

— Eu sinceramente acreditava que a certa altura superaria minhas inseguranças e as pessoas veriam minhas telas. Pensava que era por isso que eu pintava, sabe, para um dia as pessoas poderem ver o meu trabalho, ficarem comovidas ou perturbadas, assim as pessoas reagiriam a ele. Eu pensava que o sentido era esse.

Ele não se vira. Não se mexe.

— Estive ouvindo coisas — digo.

Agora ele olha para mim.

— Foi por isso que te dei aqueles fones de ouvido.

— Mas por que estou ouvindo barulhos que nunca ouvi antes?

— Porque antes você estava sozinha.

— E agora? — pergunto.

— Agora vivemos aqui juntos. Os fones de ouvido vão ajudar. É exatamente para isso que eles servem. Você conseguirá se concentrar e pintar pelo tempo que quiser.

— Esses fones vão me ajudar com o que eu sinto?

— Vão ajudar com os sons que está ouvindo. Esta é uma casa velha. Paredes finas. Leva um bom tempo para você se acostumar com as tábuas rangendo também, Penny.

Um bom tempo? Mas eu acabei de vir para cá.

— Me chame se precisar de mais alguma coisa — diz ele.

EU DEVERIA DAR OUVIDOS a Jack. Ele tem sido bom comigo. Gosta de mim. Posso confiar nele.

Experimento os fones, desta vez sem música nenhuma. Quando os coloco sobre as orelhas, não há som nenhum. De novo, tenho a sensação de estar embaixo d'água, submersa.

Eu me levanto e ando pelo quarto, mas não consigo ouvir nem meus próprios passos. Aproximo-me da mesa, pego meu pincel seco. Finjo pintar, imitando os movimentos, como se trabalhasse no retrato de Hilbert, fazendo um progresso sutil.

Olho-me no espelho. Viro-me de lado, examino meu perfil, minha postura. Fico reta como Ruth.

— *Bonjour* — digo com minha pronúncia ruim do francês.

Penso que, na verdade, perdi alguns quilos. Nem acredito nisso, considerando o quanto estou comendo. Fisicamente, sinto-me muito bem, quase forte. O que mais noto hoje, porém, são meus olhos. Estão turvos, vazios, a cor mais fraca. Não é nada drástico. É sutil. Mas me lembram os olhos de Pete.

Ninguém mais nem perceberia. Mas eu sim.

O　**UTRO DIA. OUTRA REFEIÇÃO.** Mais comida. Ruth fala pelos cotovelos, como sempre. Está tagarelando sobre duas ou três coisas ao mesmo tempo. Fala o bastante para cobrir a voz de nós quatro. Está ficando previsível. O modo como fala e joga a cabeça para trás quando ri.

Hilbert veio posar para mim de novo, logo depois de eu ter acordado. Desta vez, foi ideia dele. Sentou-se perto da janela, parecia cansado, mas bonito sob a luz da manhã.

Notei que Hilbert vem falando menos nas últimas refeições. Não ao ponto de ficar inteiramente não verbal como Pete, mas até seus olhos parecem mais distantes. Isso é triste. Mas come com o mesmo vigor, assim como todos nós. Estou preocupada com ele.

Ruth está rindo da própria piada. Uma boa gargalhada. Estrondosa.

O dia inteiro passa em um piscar de olhos. Dormimos no mesmo horário. Temos nossas reuniões. A hora da sesta. Temos tempo livre para trabalhar no que quisermos. Da manhã à tarde, da tarde à noite. Só parece estranho quando penso nisso depois do acontecido. Não quando estamos no instante em que acontece. No momento, estamos apenas vivendo, consumindo, nos ocupando, nos sustentando, seguindo em frente, de uma coisa até outra. Pintei muito hoje. Compenetrada, envolvida na pintura. Tento olhar nos olhos de Hilbert, mas ele está concentrado na comida.

Cortando, mordendo, mastigando, engolindo.

— Isso aí está bom, Hilbert? — pergunto.

Ele assente e solta um ruído suave de satisfação. Mas não para de comer. Não interage como eu esperava dele. Como eu queria que fizesse.

Estamos todos cativados demais por nossa comida. Comemos de forma descomunal. Não se trata de prazer, mas de sustento, de consumir o máximo possível. Será que realmente precisamos comer tanto? Olho para baixo e vejo que eu também já terminei metade do meu prato. Pego um pedaço de cenoura com meu garfo. Ainda estou com fome, mas não coloco a cenoura na boca. Finjo colocar. Olho para Jack para assegurar-me de que ele não está me observando e passo a cenoura para o meu guardanapo enquanto imito a mastigação e a deglutição. Ninguém está prestando nenhuma atenção em mim. Repito o processo, com outro pedaço de cenoura.

Em seguida, ergo os olhos e vejo que Ruth, ainda tagarelando, olha diretamente para mim.

Ela deve ter visto o que fiz com as cenouras, mas não diz nada. Limita-se a se voltar para a própria comida. Porém, antes de colocar na boca outra porção, Ruth começa a rir. A princípio é um riso silencioso, sufocado. Mas ela continua e fica mais alto.

— Pare com isso, por favor. Não podemos comer desse jeito — diz Hilbert. Ele baixa os talheres, recusando-se a comer até que Ruth pare.

Ele me parece mais velho. Frágil. Como se tivesse envelhecido da noite para o dia.

— Você parece cansado. Acho que devia descansar — digo a Hilbert, mas acho que ele não me ouve.

Ruth ainda está rindo.

— Não tem graça nenhuma — digo a Ruth.

Jack se aproxima para acalmar Hilbert. Shelley aparece da cozinha e se dirige a Ruth.

— Agora chega, Ruth — diz Shelley.

Ruth cobre a boca com a mão, mas recomeça a rir. Desta vez, mais alto.

Shelley se vira para mim.

— Terminou tudo, Penny?

— Sim, terminei.

Jack retira parte dos pratos.

— Não comemos tudo — intromete-se Ruth. — Dois pedacinhos de cenoura.

Eu começo a tremer.

Ruth mostra a língua para mim.

— Ruth, deixe Penny em paz — diz Shelley. — Jack, pode ajudar Ruth a voltar a seu quarto?

Olho fixamente o ponto na mesa onde estava meu prato. Jack ajuda Ruth a se levantar da cadeira. Sinto os olhos dela em mim. Seu braço roça no meu quando ela sai da mesa.

— O que está fazendo com Hilbert? O que tem feito com ele? — pergunto a Shelley.

Mas ela voltou à cozinha e não me escuta.

— Vamos, Ruth — Jack chama da porta. — Venha.

Só levanto a cabeça quando Shelley coloca uma xícara de chá diante de mim.

— Acho que prefiro voltar a meu quarto agora — digo. — Se não tiver problema.

— E o chá e a sobremesa? Você nunca deixa isso passar.

— Não, agora não preciso de mais nada.

— Não vai querer perder a sobremesa. Você adora torta de cereja.

— Prefiro voltar a meu quarto. Estou cansada.

— Bom, em geral, não comemos nos quartos, mas essa não é uma regra estrita. Vou levar lá para você.

SHELLEY, ALGUNS PASSOS ATRÁS de mim, trazendo chá em uma das mãos e a sobremesa na outra, acompanha-me até o quarto. Entro primeiro e me sento na poltrona de leitura. Ela range com meu peso enquanto afundo nela. Shelley coloca o chá e a torta na cômoda.

— Está aqui, para quando você quiser. Mas é melhor não deixar a torta assentar por muito tempo.

Ela está prestes a sair quando se demora um pouco, olhando o quarto. Escondi o retrato entre minha mesa e a parede. Sinto um constrangimento terrível por isso. Estou envergonhada por não ter me esforçado mais. Eu devia ir além. Torço para que ela não perceba.

Shelley se aproxima de mim.

Junto as mãos no colo, dobrando os dedos para esconder as unhas. Ela se curva e segura delicadamente minha mão esquerda.

— Ah, veja só isso — diz ela, passando o polegar por cada uma de minhas unhas. Ela verifica a outra mão. — Estão ficando meio irregulares. Teremos de dar um jeito nisso.

Shelley continua a esfregar minha mão por um tempo maior do que o normal.

— Isso importa?

— Como disse? — diz ela.

— Importa se minhas unhas estão irregulares, compridas ou se eu roí? Por que é obcecada por minhas unhas?

— Sou obcecada por cuidar de você, Penny, e suas unhas não param de crescer.

Shelley solta minha mão. Ela cai em meu colo. Ouço seus passos por todo o corredor, até que o quarto fica em silêncio. Levanto-me, coloco-me de frente para a janela. Ponho a orelha no vidro frio. Não consigo ouvir nada lá fora. Nada.

Abotoo o cardigã, saio do quarto de chinelos. Percorro o corredor, passo pelas cadeiras no nicho, vou à sala de estar comunitária. Meto a cabeça para dentro e vejo as cadeiras em semicírculo. Não tem ninguém ali. Entro e vou à estante de livros e jogos. Pego duas caixas de quebra-cabeças em meio a uma coleção de jogos de tabuleiro.

Levo os quebra-cabeças embaixo do braço, vou ao quarto de Hilbert. Preciso vê-lo, descobrir como ele está. Bato na porta e, como ele não responde, entro. Ele está se preparando para dormir, e só quando estou em seu quarto é que o ouço, assoviando baixinho. Ele se vira, surpreso por me ver, seus olhos se iluminam.

— Desculpe-me — digo. — Não estou cansada... Pensei que talvez...

— Olá – diz ele, animado.

Quero lhe perguntar se Shelley está tão preocupada com as unhas dele como fica com as minhas. Quero lhe perguntar se ele sente a pressão por seguirmos em frente, por continuarmos trabalhando. Quero ver se aquelas marcas, aquele fungo dele, ainda está ali.

Há tanto a dizer, a perguntar, porém, mais que qualquer outra coisa, quero vê-lo.

— Obrigada de novo por posar para mim — digo.

Hilbert não responde. Mas inclina um pouco a cabeça como quem tenta se lembrar.

— Que tal um passatempo rápido antes de dormir? — pergunto. — Sei que você adora quebra-cabeças.

DEIXO QUE ELE ESCOLHA. A caixa que ele pega tem escrito na tampa "Pando Puzzle" junto com uma cena da natureza, uma imensa floresta. Hilbert despeja todas as peças na mesa. Só quando pego a caixa vazia é que vejo o quanto é parecida com este lugar, com a paisagem que cerca esta casa. É impressionante. Eu me aproximo da janela e ergo a caixa para ele comparar.

— Veja — digo. — É quase igual.

Mas Hilbert já está concentrado no quebra-cabeça, escolhendo as peças, tentando encontrar combinações.

— Não é estranho? — pergunto.

Hilbert olha para mim.

— Todas essas árvores aí fora parecem com estas — diz ele. — Eu as olhei por muito tempo. São muitas, mas acabam se misturando umas com as outras.

Eu as olho fixamente. Tento não piscar. Ele tem razão.

— Já fizemos isso algum dia? — pergunta ele. — Você e eu?

— Acho que não — respondo.

— Devíamos nos revezar — diz ele. — Com as peças.

Recosto-me na mesa e juntamos uma peça de cada vez, à medida que as encontramos, de vez em quando trocando olhares.

Sinto o estômago roncar. Quando foi o jantar? Quando comemos pela última vez?

— Eu creio — diz ele — que o Pando é o maior organismo vivo do mundo. E certamente um dos mais antigos.

Hilbert encaixa uma peça na outra. Em seguida, faço o mesmo.

— Isto — diz ele.

— O quê? — pergunto.

— Isto. As árvores. O Pando. Existem muitas árvores, mas na verdade são uma só... todas juntas.

— O que quer dizer?

Junto mais duas peças do cartonado firme.

— É uma colônia. Uma colônia que começa a partir de uma única árvore.

— Não é uma floresta?

Hilbert encontra duas peças de que gosta e tenta encaixá-las.

— Elas, cada uma delas, compartilham os mesmos marcadores genéticos. É um único sistema radicular.

— O que isso significa?

Ele força as peças. Claramente não se encaixam.

— Está tudo bem — digo. — Tome aqui.

Pego uma das peças dele e ofereço uma alternativa. Ele a encaixa, depois me olha.

— Todas estão conectadas pelo sistema radicular — diz ele. — Acho que ela tem planos para nós.

— Shelley?

Estendo a mão e toco sua perna. Ele coloca a mão na minha, apertando de leve.

HILBERT NÃO QUIS TERMINAR o quebra-cabeça. Nem eu. Ele não estava se sentindo bem. Queria ir para a cama, então nos despedimos e o deixei dormir. Voltei ao meu quarto, mas não tive vontade de ir para a cama. Foram só há duas noites que vi Jack na cozinha, que passei tão mal? Olho a foto no porta-retratos em minha cômoda, virada não para mim, mas para a janela. Não queria sentir que ele me olhava.

De repente sinto um gosto metálico invadindo minha boca. Baixo os olhos e vejo que estou roendo a unha do polegar. Retiro-a da boca.

Minhas unhas estão compridas demais. Nas duas mãos. As pontas chegam a se curvar nos dedos. Como pode ter crescido tão rápido? Eu as cortei há pouco tempo, para... a festa. Quando é a festa?

Quanto tempo as unhas levam para crescer? Lembro-me de ter de cortar as unhas dele nas últimas semanas, quando estava fraco demais para fazer isso. Ele disse que achava que as unhas e o cabelo podiam crescer por algum tempo depois que ele morresse.

Mas eu disse a ele que não era verdade. Na morte, a pele se retrai, o que faz parecer que cabelos e unhas estão crescendo, quando não estão.

Olho para a fatia de torta e a xícara de chá que vieram do jantar. Levo a mão ao ouvido e apalpo os fones. Quando foi que os coloquei? Não estava usando no quarto de Hilbert. Não há ruído nenhum. Nem música. Apenas um silêncio profundo e retumbante.

Examino a comida colocada em minha cômoda, cheiro, olho mais atentamente. Pego o garfo e uso para cortar um pedaço da torta. A textura mudou. Amasso com o garfo. Assumiu a consistência de queijo derretido. Deixo o garfo cair no chão.

Tento firmar minha mão e toco no pedaço de torta com o dedo, fazendo pressão. Ergo o dedo o mais alto que posso e um fio fino da torta preso nele se estica. Parece muçarela derretida, que nem o queijo que eu usava para gratinar a lasanha.

Tenho medo de olhar o interior da xícara de chá. Espio de lado enquanto mexo com a colher. O líquido marrom é muito mais espesso do que deveria para um chá. Praticamente um creme. Apavorada, largo a xícara na cômoda, onde ela emborca e derrama o conteúdo.

Não limpo nada. Não quero tocar nisso. Começo a coçar o braço. É bom, com as unhas compridas. Coço com mais força e continuo até que sinto formigar e arder. Continuo coçando, chegando mais perto do espelho até ficar a uns trinta centímetros dele.

O rosto que me olha não é o meu. Minha pele está menos pálida, mas pareço mais velha. Levanto a manga da blusa para poder ver a parte de trás do braço. Vejo uma marquinha, parecida com aquela que vi no pescoço de Hilbert naquele dia em meu quarto. Ou será que foi hoje? Uma mancha. É tão pequena que preciso me inclinar para ver. Ainda não há som algum. Deve ser só uma espinha.

Levanto a manga um pouco mais e vejo outra marca, esta maior, projetando-se de minha pele em três dimensões, como um fungo, como líquen. Apavorada, levanto mais a blusa e descubro que quase todo o meu tronco está tomado por fungos protuberantes.

Olho minhas mãos. Elas tremem. Minhas unhas estão com o triplo do tamanho que tinham agora há pouco. Enquanto olho no espelho de novo, vejo meu pescoço e o rosto também cobertos de fungo.

Minha cabeça roda. Solto um grito.

— Socorro! Jack! — grito o mais alto que posso.

Não consigo me ouvir por causa dos fones. Retiro-os com as mãos trêmulas. E, ao fazer isso, o som de um violino instantaneamente enche o quarto. No espelho, vejo uma pele solta e pequena ao lado da orelha. Aproximo-me um pouco mais dele, pegando a pele entre os dedos e muito lentamente a puxo. Ela começa a se soltar, e continuo puxando até que a desprego toda. Por baixo desta pele, não está meu rosto. Não é mais o meu rosto. É o de Ruth.

Estou olhando o rosto de Ruth. Mais nova, mais bonita.

Existem formas de vida de dois organismos distintos que prosperam como um só devido a uma união simbiótica. Sei que isso é real. Sei o que acontece. Sei o que Shelley quer.

Que todos nós persistamos, que continuemos trabalhando, que sejamos compatíveis, que nos amoldemos e vivamos como um só.

Sinto o meu estômago revirar. Estou tão assustada e horrorizada que não consigo me controlar e cambaleio para trás, caindo na cama.

ACORDO TOSSINDO, ROLANDO DE lado, o lençol embolado junto de mim. Estou ofegante, sem fôlego. Na completa escuridão, apalpo cada braço, a barriga, o rosto. Não tem mais fungo nenhum, só aquela espinha pequena na parte de trás do braço.

Raras vezes tenho pesadelos. Parecia tão real.

Será que Jack me ajudou a vir para a cama? Ou isso foi na noite passada?

Fecho os olhos. Concentro-me, mas, por mais que eu tente, não consigo me lembrar de ter vindo para a cama.

O que está acontecendo comigo?

Suada e despenteada, eu me sento na cama. É difícil enxergar. O quarto está tão escuro. Que horas são? O aperto no peito aumenta, como se alguma mão invisível me prendesse. Sinto-a no estômago também, e nos pulmões. Reduzo a respiração, contando até dez. Conto até vinte. Depois trinta. Sinto o coração se desacelerar, voltando ao normal.

É quando a vejo. Ruth, de pé no canto do quarto, seu olhar carrancudo nas sombras, direcionado a mim. Tem a mão na testa, como eu. Está com o meu cardigã.

— Shhhhhhh — diz ela.

Grito como se tivessem me jogado água fervente.

— Temos de dormir... temos de comer — diz Ruth. — Sempre, sempre, sempre. Assim podemos trabalhar.

Fico ofegante. Ruth também. Ela ainda está de pé, mas depois coloca o corpo em uma posição fetal recurvada, como eu agora em minha cama.

Eu me sento de costas mais eretas. Ruth se coloca mais reta também, imitando-me com exatidão.

— O que você está fazendo aqui? O que você quer? Este é o meu quarto, não o seu. Não é igual.

— É igual. Temos de comer tudo que nos derem — ela sussurra. — Temos de ficar aquecidos e descansados. Assim podemos seguir em frente. É o que queremos.

Não consigo conter outro grito. Ruth grita comigo. Depois de alguns instantes, Jack entra apressado no quarto.

— Está tudo bem — diz ele. — Calma. Ruth só está um pouco confusa.

Ele vai rapidamente na direção dela. Como eu, ela agora parou de gritar, mas está ofegante. Jack tira seu suéter e passa o braço por ela. Toca a própria testa e depois a dela, suavemente, sussurrando alguma coisa. Na mesma hora, ela sossega e baixa os olhos para o chão.

— Lamento, Penny — diz Jack, virando-se para mim. — Deve ter sido um choque para você. Pode voltar a dormir.

Ele fala com Ruth, repreendendo-a, enquanto a conduz para fora do meu quarto.

Não está certo. Não está nada bom. Não estou em segurança. Não aqui. Este lugar é ruim.

A única coisa que importa a Shelley é ter mais tempo. Não interessa o custo. A única coisa que ela teme é ficar sem tempo. Ela está nos mantendo a todos...

Alguma coisa se rompe dentro de mim.

Não estou segura aqui. Nenhum de nós está. Algum dia estive em segurança? Eu achava que sim. Achava que este lugar era o paraíso. Pareceu. Por algum tempo.

Como posso me acalmar depois da invasão de Ruth? Conto até cem. Conto de trás para a frente até zero e volto a cem. Ando pelo quarto. Coloco a cadeira na frente da porta como um bloqueio.

Só existe vida aqui, vida demais.

Meto-me na cama de novo, cobrindo a cabeça com o travesseiro. Fico imóvel embaixo do cobertor. Ouço passos no corredor. Portas abrindo, portas fechando. Ouço água correndo. Ouço gente falando. Ouço risos, choro. As duas coisas. Por que alguém está acordado a essa hora?

Não consigo dormir.

Quanto tempo dormi até Ruth me acordar? Ainda não me lembro de ter vindo para a cama. Rolo de lado. Não consigo ficar deitada aqui deste jeito.

Preciso me mexer.

Calço os chinelos e vou até a porta, pé ante pé. Desloco a cadeira de lado no maior silêncio possível e abro a porta.

Demoro-me muito entre um passo e outro. Parece levar minutos. Estou sem equilíbrio e não quero que alguém me ouça. Fico pensando que ouço Shelley atrás de mim, ou Ruth. Mas, sempre que olho para trás, só tem o corredor vazio e escuro. Quando o sensor da luz é ativado, fico petrificada, momentaneamente, depois prossigo, passo a passo, para o quarto de Hilbert.

A porta dele está entreaberta. Eu me agarro no batente, espio o interior. Vejo sua forma adormecida. Uma forma humana subindo e descendo, subindo e descendo. Puxa o ar, solta, puxa, solta. Ele dorme tranquilamente. Olhá-lo faz com que eu me sinta melhor, mais segura. Deixa-me emotiva. Lágrimas me vêm aos olhos.

Olho mais de perto. Ele está com os fones de ouvido. Está em sono profundo. É melhor não incomodá-lo. Devo deixar que durma. Quero que ele descanse.

Passo pelo quarto de Pete. Sua porta está escancarada. Fico surpresa por ele não estar na cama. Está de pé, de pijama, os ombros arriados, de costas para a porta. Observo-o por um tempo e vejo que ele segura o violino. Ele começa a tocar a mesma série de notas que sempre toca. Escuto. Nunca varia. Chega até certo ponto, não consegue tirar a nota que quer e toca de novo, sem qualquer entusiasmo. De novo e de novo. As mesmas três notas. De novo e de novo e de novo.

Vou até a porta de entrada da Six Cedars, à recepção. Ao me aproximar, meu coração começa a bater mais forte. Talvez eu devesse procurar Shelley, falar com ela de minhas suspeitas, pedir ajuda para sair daqui. Mas nem mesmo sei onde ela dorme.

Em um momento, ela está a meu lado, andando comigo pelo corredor, ajudando-me a me sentar no jantar, depois some. Não a vejo por longos períodos. Esta é a casa dela. Ela está no controle aqui. Pode fazer o que quiser.

Tento abrir a porta da frente, por onde Mike e eu passamos juntos no primeiro dia, mas está trancada. A porta da frente é a única com trancas. O teclado fica ao lado da porta com números e letras. Nunca fiquei presa contra a minha vontade. Nunca na vida. Sempre pude sair quando quisesse. Respirar ar fresco e sentir o vento. Estou a ponto de pressionar alguns botões ao acaso, para ver se consigo adivinhar o código, se consigo sair, quando ouço o violino de Pete ecoando no corredor.

Bem ao lado da porta, pendurado na parede, há um quadro. Antigamente eu adorava essa obra. Sempre esteve aqui? *A Pequena Coruja*, de Albrecht Dürer. Século XVI. Aquarela sobre papel. O original está em um museu em Viena, mas sempre fiquei cativada pelos olhos escuros e redondos da coruja.

Jamais quis evitar o escuro em meu próprio trabalho, minha própria escuridão. Mas revelar as próprias sombras não é o bastante por si só. O que quero, o que sempre quis, é que outra pessoa sinta alívio de sua própria escuridão quando vir o meu trabalho.

A Pequena Coruja não me afeta mais da mesma forma como antigamente. Não deixa marcas, nenhuma impressão duradoura. Não conseguimos reter as sensações para sempre. O violino ecoando do quarto de Pete arranca minha atenção da pintura.

Olho para a escada. Acho que nunca estive lá em cima. Deve ser onde Shelley passa a noite.

Pendurada na parede da escada, vejo outra pintura emoldurada. Tenho de subir no primeiro degrau para dar uma boa olhada nela. Como *A Pequena Coruja*, é outro quadro que reconheço de anos atrás. Um retrato duplo e famoso da Renascença italiana. Óleo sobre madeira. Pintado por Piero della Francesca. O duque e a duquesa de Montefeltro, ambos de perfil, olhando-se. Ela morreu em trabalho de parto, uma vida tão curta.

Ele me falou desse retrato uma noite, logo depois de nos conhecermos. Explicou tudo — o contexto, o simbolismo, o estilo, detalhes sobre o artista. Ele entendia muito de arte.

Foi mais ou menos nessa época que ele partiu para a Europa por mais de um mês. Pediu-me para regar suas plantas, o que fiz. Ele adorava aquelas plantas. Seu ateliê era cheio delas. Reguei todas, menos uma. Morreu. Menti e disse a ele que não sabia o que tinha acontecido com ela. Pensei que ele ia ficar muito chateado. Não ficou. Esqueceu-se disso em um dia.

Não sei por que fiz aquilo, por que matei a planta de inanição. A despreocupação dele com a planta morta fez com que eu me sentisse ainda pior. Passei mais tempo cuidando de suas plantas depois disso, tentando cultivar as que restaram. Todas viveram, continuaram a crescer, mas com o tempo comecei a desejar não ter regado nenhuma delas. Comecei a acreditar que aquela que não reguei era uma planta de sorte.

Inclino-me e vejo um ponto na parede à esquerda da escada, perto do rodapé e, usando um grampo de cabelo, faço um único risco, uma linha, na madeira macia.

Uma marca, para mim. Se eu me esquecer, esta será a prova. Saberei que já estive aqui.

ABRO OS OLHOS, PISCANDO, acordando sozinha em um quarto vazio.

Olho para o lençol e o cobertor que me cobrem, o contorno de minhas pernas e pés por baixo. Mexo os dedos dos pés. O sol se derrama pela janela e enche o quarto. As sombras das árvores dançam sobre mim na cama, sobre mim. Preciso de algum esforço para me virar e colocar os pés no chão.

Calço os chinelos. O dedão do pé esquerdo aparece por um buraquinho na ponta do chinelo, como se os chinelos tivessem encolhido da noite para o dia. Não pode ser. Eu os puxo, tentando esticá-los, mas não importa como posicione os pés, os chinelos parecem mais apertados.

Sinto uma onda de culpa e tensão por não ter trabalhado o suficiente no retrato de Hilbert. Shelley quer que permaneçamos produtivos, que trabalhemos todos os dias, que façamos coisas. Isso nos mantém jovens e nos dá um propósito. Preciso voltar à tela hoje. Não devia desperdiçar a manhã dormindo como fiz.

Eu devia me vestir. Devia comer. Devia pintar.

Lá está ele, o retrato de Hilbert em minha mesa, o retrato incompleto. Como foi parar na minha mesa? Vou me aproximando dele enquanto visto o cardigã por cima da camisola. Quando foi a última vez que trabalhei nele? Parece... diferente. Hilbert parece diferente.

Sinto arrepios nos braços e depois o olhar de alguém fixo em mim, pelas minhas costas. Giro nos calcanhares, mas não tem ninguém ali. Estou sozinha.

Abro a gaveta da cômoda. Encontro o guardanapo que trouxe do jantar ontem à noite e o abro. Dentro dele estão os dois pedaços de cenoura. Tem uma mancha mínima e escura de mofo que começa a crescer em uma delas. Fecho o guardanapo, jogo na lixeira e me sento na cama.

— Bom dia, Penny — diz Jack, entrando.

Olho para Jack, tentando decidir o que dizer. O que devo contar a ele? Conto que começo a entender o que realmente está acontecendo aqui? Que começo a entender a extensão da paixão obsessiva de Shelley por viver e produzir? Por fazer isso em conjunto. Como uma floresta. Todos iguais. Ligados. Está acontecendo aqui. Aqui dentro. Conosco. Dentro de nós.

Jack se senta na cama a meu lado.

— Fiquei no mesmo apartamento por mais de cinquenta anos — digo. — Recebi amigos durante esse tempo, em refeições e festas, mas na maior parte do tempo éramos só eu e ele. Eu não quis ter filhos. Ele queria. Discutimos por isso. Uma vez, tivemos uma briga feia. Está ficando difícil me lembrar da maior parte desses detalhes.

— Sei como é. É por isso que um lugar como este é o certo para nós dois. Esquecer o passado nem sempre é o pior da vida.

— Isso não o assusta? Não conseguir se lembrar de partes da sua vida?

— Eu ficaria mais assustado se tivesse de me lembrar de tudo, o tempo todo — diz ele. — Shelley acreditou o bastante em mim para me dar uma chance quando eu já havia esgotado muitas delas. Foi um recomeço para mim. Igualzinho a quando você veio para cá. Nós dois viemos, para fazer parte disto.

— Disto?

— Desta casa — diz ele. — Six Cedars.

1—2—3—4—5—6.

— O que você sabe sobre a floresta lá fora?

— É muito tranquila — diz ele.

— Está vendo, agora você parece a Shelley. Quero saber sobre a floresta. Que tamanho tem? O que mais há lá fora? Ela cerca a casa toda? Continua para sempre? Parece que posso ver árvores de cada janela. Nunca fui lá fora. Você foi?

— Por que está me perguntando tudo isso, Penny?

— Diga! O que existe fora desta casa?

— Acalme-se, por favor. Não sei o que você tem hoje. Está agitada.

Fecho os olhos, respiro fundo algumas vezes. Abro-os e olho nos olhos de Jack. Sinto uma dor aguda na cabeça.

— O que ela quer? O que ela está tentando fazer conosco?

— Eu gosto de você, Penny. Sinceramente gosto. Você tem uma centelha. As coisas parecem diferentes quando você está por perto.

Diferentes para mim. Mas não posso correr o risco de perder o que tenho aqui. Ela tem razão. Eu não tenho mais nada.

Jack olha por cima do ombro antes de falar.

— Aqui você está protegida de todos os perigos de ser uma idosa, entendeu? É cuidada e nunca ficará sozinha de novo. Eu prometo.

Jack se levanta, toca em meu ombro, faz um carinho e sai.

J ACK SAIU, MAS FICO repassando o que ele disse, que nunca ficarei sozinha de novo, que estou sendo protegida dos perigos de ser uma idosa. Foi o que ele disse. Ele também disse que esquecer é bom?

Mas a que custo? A que custo estou sendo protegida de minha velhice?

Quero me lembrar de quanto nos divertíamos em nosso apartamento. Nunca pensei em como ele seria na meia-idade, no final da meia-idade, como um velho. Nunca pensei em como seus desejos esvaneceriam com o tempo, enquanto as características e os maneirismos se intensificavam. À medida que as paixões diminuem, o caráter é revelado.

Eu me levanto e vou procurar por Jack. Não deve estar longe. Acabou de sair do meu quarto. Ele está errado quando diz que não tem mais nada.

Chego à sala de estar comunitária e encontro Ruth sentada ali sozinha, vendo televisão.

Está passando um filme antigo na TV. Paro e olho. Eu conheço esse filme. Conheço bem. Lembro de ter visto pela primeira vez no cinema. O cinema estava cheio naquela noite. Eu comi pipoca com manteiga. Ainda sou capaz de sentir o cheiro dela. Posso sentir como meus dedos ficaram engordurados, como lambi para tirar a manteiga deles, um de cada vez. E bebi um refrigerante grande. É *Thelma & Louise*. Ruth assiste atentamente. Sua boca se mexe, acompanhando os diálogos do filme. Ela deve adorá-lo também, como eu. Vi esse filme tantas vezes. Ruth sabe todo ele de cor.

As duas morrem no final. Adorei isso. Eu realmente adoro como o filme termina. É o único final satisfatório. Elas caem fora.

Ruth não perde nem uma frase. É hipnótico vê-la assistir ao filme. Enquanto olho dela para o filme e do filme para ela, percebo que ela não está recitando o filme fala por fala em inglês. Está fazendo isso em francês. Está traduzindo o que vê. Em tempo real.

— *Tu es très jolie* — sussurro para ela.

Meus olhos se desviam para um quadro na parede. Um quadro grande. Não costumava haver nada aquela parede. Venho aqui todo dia. Como nunca notei esse quadro? Sempre foi uma parede nua. Chego mais perto. Sinto um formigamento por baixo da pele.

Levo a mão à boca. Não pode ser. É uma pintura dele! Lembro-me de quando ele a concluiu. Levou muito tempo. Ele se dedicou tanto a ela. Ficou rabugento até terminá-la. Nunca foi vendida e, apesar de ser sua obra preferida, ele disse que não se surpreenderia se nunca a vendesse. Para ele, não havia problema o fato de ninguém mais conseguir compreender o que ele fez, porque era sua pintura mais pessoal.

Agora aqui está ela, pendurada na parede à minha frente. Fico tonta, enjoada. Tenho de colocar a mão na parede para me apoiar. Sinto que posso cair.

Tem alguma coisa na minha perna. Um gato está se esfregando no meu tornozelo. A princípio, ele hesita, mas lentamente passa a ficar mais agressivo, arranhando minha perna. Sacudo a perna para me livrar dele.

— Pare com isso — digo. — Agora não!

Mas ele não para. Morde meus chinelos e dá uma dentada no meu pé.

— Ai!

De súbito, alguma coisa assusta o gato. Ele dispara pelo corredor. Abaixo-me e passo a mão no local mordido do meu pé. Sem fôlego, eu me sento para descansar na cadeira mais próxima que encontro. Fecho os olhos.

JACK ESTÁ SACUDINDO DE leve meu braço.

— Penny — diz ele.

Adormeci na sala de estar comunitária. Ruth não está mais ali. Nem o gato. A TV ainda está ligada, mas agora só tem zumbido de estática. Minha boca está tão seca. Preciso de água.

— Penny... por favor... acorde — diz ele.

Ele sacode meu braço de novo. Parece abalado.

— Estive pensando mais no que você disse e preciso te contar uma coisa. Tenho de ser rápido.

Abro os olhos o máximo que posso, focalizando o rosto dele. Estou sonhando. Mas sinto a mão dele em meu braço. Não, eu estava sonhando antes, mas agora é real. Jack. Ele está bem na minha frente, tocando em mim, frenético.

— Penny! — ele repete. — Este lugar é o trabalho da vida dela. Ela acredita nele. Fez dele uma comunidade. Ela tem todo o controle e não pode correr o risco de nenhuma ruptura. Quer entender melhor sobre como viver mais por mais tempo. A única coisa que a apavora é envelhecer e...

Ambos ouvimos um barulho. Jack leva o dedo aos lábios.

— É ela — diz ele. — Preciso ir. Você não pode dizer a ela nada do que conversamos aqui.

Eu sei o que mais ele quer me dizer, só por seu olhar: *Você tem razão, sempre teve razão sobre o que ela está fazendo com você. Ela mantém você viva. Todos vocês.*

Sem dizer mais nada, ele se vira abruptamente e sai da sala.

Exausta, confusa, fecho os olhos e descanso a cabeça no encosto da cadeira.

HÁ PASSOS NO CORREDOR. Não saindo, mas vindo na direção da sala. Dormi na cadeira. Quero que seja Jack. Para me falar mais, explicar. Mas não é ele.

Saltos altos. É ela.

— Cochilando em seu lugar favorito — diz Shelley quando entra na sala. — Sei o quanto gosta da vista daqui.

Eu tenho um lugar favorito? Preciso dar um pigarro antes de falar.

— E aquela? — pergunto, apontando para uma cadeira pequena encostada na parede.

— Aquela cadeira?

— Sim.

— Não tem nada para ver, se você se sentar lá. Você adora seu lugar perto da janela. Pode ver as árvores.

Eu já me sentei aqui?

Sempre tive sonhos vibrantes. Até quando criança. Sonhava com cores. Tenho muitos que são curtos. Sonhos inquietos. Sonhos sem trama. Agora, velha, sonho com árvores altas atrás da residência, aquelas que não têm folhas, todas de pé em uníssono, balançando-se ligeiramente, agrupadas para se aquecer.

— Quero ir lá fora.

A expressão dela muda. Não drasticamente, mas eu reparo.

— Temos todas essas lindas janelas para proporcionar o máximo de luz possível. Não quero chateá-la, mas acho que você está com certo lapso de memória.

Não, penso. Não estou com lapso de memória. Só estou percebendo que não vou lá fora há dias, desde que me mudei para cá. Antigamente eu sempre saía para caminhar, até no clima mais frio. Adorava sentir o ar no rosto. Nem me importava que meus pés se molhassem na chuva. Eu me lembro de tudo isso.

— A floresta, Penny. Os penhascos. Lá fora é traiçoeiro e coberto de neve — diz ela. — E depois, com Gorky se perdendo na semana passada.

— Gorky?

— O gato. Foi você que escolheu o nome dele. Ele morreu, lembra? Saiu e morreu congelado. Foi pavoroso. Você se sentirá melhor depois de descansar, Penny.

— O quê? O gato não morreu!

Olho para o meu pé, onde ele me mordeu. Ele me mordeu, mas não tem corte algum. A pele está limpa. Agora sinto as lágrimas no meu rosto. Estiveram se formando atrás de meus olhos há horas, dias.

Shelley toca meu ombro.

— Tire um cochilo — diz ela e sai da sala.

Depois que ela se vai, viro-me e vejo que Hilbert está sentado a meu lado. Ele estava ali o tempo todo? Não tinha dito nada. Ainda estou chorando, mas sinto uma onda de alívio ao vê-lo.

Está trabalhando no quebra-cabeça de novo, aquele que começamos em seu quarto, o das árvores. Como o quebra-cabeça veio parar aqui? Hilbert está fixado nele. Quase terminou de montar.

— Não podemos ir lá fora — diz ele, erguendo a cabeça.

Vejo seu rosto, seus olhos. Ele não parece bem. Parece debilitado e fraco.

— Por que, Hilbert? Por que não?

— É perigoso. Aqui é onde temos de ficar. — Sua voz é tensa.

— Algum dia você recebeu uma visita? — pergunto.

Hilbert olha as próprias mãos, como se perguntasse a quem elas pertencem.

— Em casa, temos visitas. O tempo todo — diz ele, erguendo os olhos. — Damos jantares e ouvimos música e todos bebemos vinho até muito tarde. Às vezes tentamos conversar em francês.

— O quê? Não, Hilbert! — exclamo. — Essa era eu. Não você.

— Precisamos de mais tempo — diz ele. — Todos nós precisamos. Todo mundo precisa.

Ele fecha os olhos, recostando-se na cadeira. De olhos ainda fechados, fala mansamente, mais consigo mesmo.

— Pando — murmura. — Pando, do quebra-cabeça.

— O que, Hilbert? Do que está falando?

— Pando — ele repete inexpressivo, fechando os olhos. — Eu me espalho. Em latim, Pando significa "eu me espalho".

Levanto-me lentamente e tiro o chinelo do pé direito de Hilbert. É difícil por causa do tremor que tenho na mão. Fico horrorizada ao ver que, como as minhas, as unhas dos pés dele estão compridas e irregulares, como se não fossem cortadas há semanas. Recoloco seu chinelo e ergo o corpo.

— Aonde você vai? — pergunta ele.

— Procurar uma coisa — respondo. — Você fique aqui.

Vou ao corredor, virando à direita, tateando a parede a meu lado ao andar.

Quando passo pela sala de jantar, tenho um vislumbre de Jack limpando. Eu me deparei com um momento típico de seu dia de trabalho. Observo-o por um minuto, oculta pelas sombras. Espero até que não tenha ninguém por perto e vou para o lado da mesa onde ele está. Tem um folheto, dobrado ao meio. Eu o apanho. Tem uma fotografia... de mim.

Na foto, estou muito mais jovem. Estou sorrindo. É estranho vê-la. Não tenho lembrança dessa foto.

Abro o folheto e passo a ler em voz alta:

> *Aos noventa e dois anos, Penny faleceu na Six Cedars Residence, cercada por sua carinhosa equipe. Deixa sua impressionante coleção de obras de arte e todos os amigos da Six Cedars. Com o decorrer dos anos, a equipe e os residentes da Six Cedars passaram a amar Penny como se fosse da família. Foi promovida uma visitação à residência, seguida por uma celebração de sua vida. Penny deixará profundas saudades.*

Sinto que minhas pernas ameaçam ceder.

Largo o papel na mesa e tapo a boca com as duas mãos. O que é isso? Sinto uma dor aguda na cabeça de novo — uma dor funda, latejando, por trás dos olhos. Tenho vontade de vomitar. Curvo-me, mas não sai nada, só um fio de bile e saliva.

O que está havendo? O que está acontecendo aqui? O que estão fazendo conosco?

Ela vai despachar esse comunicado, as pessoas vão acreditar. Ela vai mandar para Mike. Ele vai acreditar que eu morri, mas não morri. Estarei aqui com ela.

O que ela fez comigo?

Preciso voltar para o meu quarto, ficar sozinha, pensar. Preciso me esconder. Dela.

ESTOU DEMORANDO MAIS DO que deveria. Ando pelo corredor que leva a meu quarto, mas, desta vez, não leva. Dá em outro corredor, então eu viro à direita e sigo por ele. Continua indefinidamente e assim, a certa altura, eu paro.

Dou meia-volta.

Esta casa é um labirinto. Esses corredores não são o que parecem ser. São mais compridos. Ou mais curtos, dependendo do dia. São estreitos à noite, mais largos pela manhã. Eles mudam, esses corredores, dependendo de quem anda neles e do ponto na vida em que a pessoa está.

Vou para o outro lado quando chego ao último corredor. Está mais longo do que antes, alterado desde ontem. É o mesmo corredor. Eu o reconheço, mas está mais comprido.

Volto mais uma vez e viro de novo, desta vez para a esquerda, antes de voltar para minha porta.

Entro, vou ao banheiro. Fecho a porta. Não consigo tirar aquele folheto da cabeça. Não era para eu ter visto aquilo. Agora é só o que consigo ver.

COM O DECORRER DOS *anos, a equipe e os residentes da Six Cedars passaram a amar Penny como se fosse da família.*

Com o decorrer dos anos...

Anos...

Há quanto tempo estou aqui? Só faz quatro dias. Não entendo.

Estou suando, jogo água no rosto. Enxugo o rosto com a toalha, tentando firmar as mãos. Vou à privada. Levanto minha camisola do chão. Sento-me para urinar.

Ao terminar, quando estou me levantando, puxo a descarga. Algo na privada chama a minha atenção. Curvo-me, tentando ver antes que o turbilhão de água leve embora — um movimento sutil na água, partículas mínimas. Elas estão vivas?

Chocada, recuo um passo, batendo a tampa da privada.

Grito. Não ouço som nenhum sair de minha boca, mas estou gritando.

Onde estou?

O QUE ESTOU FAZENDO AQUI?

HÁ QUANTO TEMPO ESTOU aqui?
  Puxo a descarga pela segunda vez e espero que o reservatório se encha. Puxo de novo, e de novo, e de novo.
  Quando saio do banheiro de volta ao quarto, ela está lá. Shelley. Seu cabelo e a maquiagem são imaculados. Ela está linda. Está com um vestido vermelho e luvas de látex.
  — Oi, Penny, querida — diz ela. — Só vim limpar o seu quarto.
  Ela segura um espanador comprido e anda lentamente pelo quarto, espanando diferentes superfícies e objetos. Também tem um balde de limpeza perto da cama. Aproximo-me e bato o pé no balde. A água gordurosa e escura ondula.
  — Sente-se. Vou terminar logo.
  — Meu quarto está limpo — digo, sentando-me na cama.
  — Mas não fica limpo, nunca fica. Não quando moramos nele.
  — Eu vi...
  Mas hesito, sem saber se devo dizer algo a respeito do folheto.
  Ela espana o porta-retratos sobre a cômoda.

— O que você viu?

— Um folheto. Um anúncio de meu falecimento. Eu vi.

— Sinto muito, Penny. Jack não deveria deixar assim, à vista. Deve ter sido estranho ver aquilo.

Sinto meu sangue ferver. Que audácia a deles!

— Por que um anúncio de meu falecimento já estaria escrito? Está mandando para as pessoas para que pensem que eu morri! — digo. — Assim elas não vão fazer perguntas a meu respeito. Assim você pode me manter aqui pelo tempo que quiser!

— Quem você espera que pergunte por você? Por acaso Mike telefonou para ver como você está? Ele fez uma visita? Não estamos mandando o folheto para ninguém, Penny. Desculpe-me, mas não há para quem mandar o folheto.

Isso me deixou paralisada.

— A verdade é que seu parceiro escreveu aquilo antes de morrer — diz ela. — Foi o jeito dele de ajudar e tentar garantir que tudo seria feito segundo um alto padrão. Ele tentou cuidar de tudo. Disse que era o que você ia querer. Você nunca deveria ter visto aquilo. É culpa de Jack, por deixar à mostra.

— Onde está Jack? — pergunto.

Ela para, baixa o espanador.

— Penny, por favor. Você não está me ouvindo.

— O que você está tentando fazer conosco? — pergunto. — Não pode nos obrigar a viver assim. Você não pode!

— Sabe o que significa catabolismo, Penny?

— Não — respondo.

— Significa metabolismo destrutivo. Quando é criado um ecossistema delicado... como este aqui em Six Cedars, onde todos vivemos juntos... cada vida ajuda a sustentar a vida dos outros. Todos nos beneficiamos disso. Damos vida um ao outro. É como vivemos aqui.

Ela se aproxima um passo.

— Então, cada vida depende da outra. Precisamos uns dos outros, Penny. Todos temos de nos adaptar.

Baixo os olhos para as mãos; é impossível como ficaram enrugadas e venosas, quase inúteis. É o que todo mundo quer: sentir-se mais jovem e ter mais tempo.

— Quando a corda de um violino é tangida, outra corda pode vibrar em apoio, embora não tenha sido tocada — diz ela. — Os seres humanos são iguais. Quanto mais você se esquecer do passado, mais poderá relaxar, melhor ficará aqui. Não precisa se preocupar em voltar. Você sempre estará aqui conosco.

Há um copo cheio de água em minha mesa de cabeceira e penso em tomar um gole para aplacar a sede. Mas, em vez disso, sentindo-me fraca demais, deito-me de lado.

— Penny, você morou muitos anos com ele.

— Como disse?

Shelley vira na minha direção a foto no porta-retratos da cômoda. Ele. O homem com quem passei tanto tempo. O homem que só conseguia ver o mundo de uma forma, de uma perspectiva. O homem que precisava tão desesperadamente se enquadrar.

— Foi este lugar que você escolheu para ficar, e ele organizou tudo para que você fosse cuidada pelo maior tempo possível. Deveria ser agradecida por todo o tempo extra que está recebendo, Penny. Tempo que ele não teve.

Fecho os olhos e puxo o travesseiro para o peito. Fecho os olhos com força. Não quero mais vê-la. Ainda ouço seus movimentos, depois nada por algum tempo, até que ela fala.

— As pessoas desistem de si mesmas com muita facilidade. Não há motivos para que não possamos nos esforçar para fazer mais.

Ao sair, ela apaga a luz com um estalo. Silêncio.

— Não — digo ao quarto vazio. — Está enganada. Simplesmente não podemos aceitar o esquecimento.

UMA ESCURIDÃO DE BREU. Está tão escuro que, da cama, não consigo enxergar a parede nem a cômoda. Está tão escuro que é difícil enxergar minhas mãos estendidas diante do meu rosto. Deve ser madrugada, mas ainda estou bem acordada.

Pego o copo de água na mesa de cabeceira, mas está vazio. Tenho manchas de tinta seca nas mãos. Quando foi que estive pintando? Eu me sento na cama e coloco os pés no chão, calço os chinelos. Eles devem ter se alargado, porque não parecem tão apertados.

Sigo pelo corredor, andando quase contra a minha vontade, como se estivesse sendo levada. Acabo dando na entrada da frente, ao pé da escada. Estou tão cansada de andar, fisicamente esgotada, que descanso a cabeça na parede antes de olhar para o quadro que tem ali. Mas, perto do rodapé, eu vejo — o local onde fiz aquele único risco na noite passada, com meu grampo.

Mas agora são muitos riscos, pelo menos quarenta, cinquenta, são demais para contar. Meu coração dispara no peito. Não consigo fazer com que se acalme. Minha respiração também, sai em um arfar curto e acelerado. O resto de mim, os braços, as pernas, os olhos, estão petrificados. Não consigo me mexer.

Baixo os olhos para a escada. Eu já estive ali? Devo descer? Não quero fazer isso. Não quero ver o que tem lá embaixo. Mas, se quero entender esta casa e o que está acontecendo conosco, preciso descer. Preciso ver com meus próprios olhos.

Estou agarrada ao corrimão como se minha vida dependesse disso, colocando os dois pés em cada degrau ao descer. Ouço um baque, o que me faz parar no último degrau. Ouço o barulho de novo. Parece mais um gemido. Sigo o barulho, o som, a sensação, apesar de meu medo. Entro no primeiro cômodo que vejo, uma porta que aparece à esquerda. É difícil enxergar no escuro. Quase não há luz, e a pouca que tem, não sei de onde vem.

Dou dois passos para dentro, meu chinelo prende e quase caio por causa de um saco que está no chão. Baixo os olhos e vejo que são vários sacos de tamanho semelhante. Parecem fronhas. Agora vejo que são muitos sacos empilhados pelo cômodo. Mas que cômodo é este? Um closet? Um depósito? Não sei o que tem acima de mim nem onde estou em relação ao meu próprio quarto.

Pego o saco que me fez tropeçar. Abro no alto. Não enxergo o que tem dentro dele. Assim, estendo a mão, hesitante, até conseguir tocar o conteúdo. Retiro lentamente um punhado de fibras macias.

Levo as fibras para perto do meu rosto. Acho que estou segurando... cabelo.

Assim que reconheço o que é, largo na mesma hora e limpo a mão na perna. Estou mordendo com tanta força o lábio inferior, que sinto gosto de sangue ao abrir o segundo saco, despejando o conteúdo no chão. Está cheio do que parecem aparas de unhas. Começo a tossir. Eu desabo, meu corpo escorregando pela parede.

São tantos sacos que não dá para contar. Há quanto tempo estão aqui? Há quanto tempo eu estou aqui? Eles estão cheios de anos e anos de cabelos e aparas de unhas.

Empurro de lado os sacos a meus pés, saindo dali, e sigo para o local de onde vem o som. Tem uma cama de solteiro no final do quarto. Não há mais nada neste cômodo. Sigo na direção da cama. Há uma forma horizontal sobre ela que não se mexe. Quando estou a meio caminho, o que está na cama solta o som que ouvi: uma expiração funda, um suspiro.

Paro, perguntando-me se devo continuar. Olho a escada. Quando alcanço a cama, sei que é uma pessoa. É Hilbert. Quando o vi pela última vez? Quando foi que nos falamos pela última vez? Meu coração está em disparada, batendo forte ao vê-lo.

Tem várias lâmpadas incandescentes em volta dele, umidificadores, acho, e um ventilador.

Ele parece mal.

— Hilbert? Você está bem?

Ele geme.

— Está frio — diz. Sua voz é fraca.

É difícil enxergar com clareza nas sombras. Puxo as cobertas por cima dele, tentando aquecê-lo. Parece que o fungo se espalhou mais por seu corpo. O rosto e as mãos parecem cobertos. As pobres mãos e os dedos estão tortos, deformados.

— Ah, não, não, o que aconteceu? Sou eu... Penny. Estive procurando por você em todo canto. Não pode ser. O que aconteceu com você?

Preciso de alguma luz, preciso vê-lo melhor, com mais nitidez.

— O que ela fez com você? — pergunto.

Ele tenta me dizer alguma coisa, mas para a todo instante, antes que saia qualquer palavra. Sento-me na beira da cama. Ele coloca a mão na minha. Seu peso é reconfortante, mas também estranho. Não é a mão que conheço.

— Estou com medo... vou ajudar você... eu prometo.

— Ainda há mais trabalho a fazer — diz ele. — Ela quer que continuemos trabalhando. Devemos trabalhar. Mas estou cansado.

— Não — retruco. — Não precisa fazer isso agora. Não precisa mais.

— Uma mentira nunca é verdadeiramente assustadora — diz ele. — Por ser uma mentira.

— Qual é a mentira desta vez?

— Esta mentira é sobre a vida, que precisamos mais dela, que precisamos ser mais produtivos, produzir mais, que tem de ser mais longa, que a morte é o inimigo. Não é verdade. O infinito é um mistério assombroso, ou assim eu acreditava. Agora sei que não é. O infinito é a estagnação. Ele não se expande. Não pode. Simplesmente é imensurável. Não é um mistério, simplesmente não tem fim.

Tiro uns fios de cabelo de sua testa.

— O que podemos fazer?

— Estamos aqui. Agora não temos escolha — diz ele.

Acaricio as costas de sua mão com minha mão livre, depois me inclino e dou um beijo nela. Quando endireito o corpo, ouço movimento acima de nós, talvez passos.

— Shelley quer o que todo mundo quer — responde ele. — O que todo mundo sempre diz que quer? O que todo mundo pensa que quer? Mais. Mas não é difícil ver que mais tempo vai acabar se transformando...

— No pior — digo, completando seu raciocínio. — O inferno.

— O inferno — repete ele.

É quando percebo o que preciso fazer. Já. Finalmente. Eu sei. Está claro.

— Vou ajudar você — falo. — Vou ajudar a todos nós.

Abraço Hilbert. Com toda a força que posso.

— Queria ter conhecido você antes – diz ele —, por mais tempo.

— Nós nos conhecemos agora.

— Você está aqui comigo agora.

— Sim, e isso basta.

— Nós nos ajudamos — diz ele.

— Sim, mas preciso fazer isso sozinha — replico.

— Eu também — diz ele.

Mantenho o abraço e sinto sua mão fazer um carinho em minhas costas.

— A conjectura de Goldbach, enfim eu me lembro — diz ele, quando me levanto para sair. — E não posso deixar de contar a você. É importante: para cada número par maior que 2, $n > 2$, existem dois números primos p_1 e p_2, de tal modo que podemos escrever: $p\_1 + p\_2 = n$... Números e letras, entendeu? Precisamos dos dois, Penny.

Chego perto dele, dou-lhe um beijo na testa. Sinto com a boca como sua pele está fina. Deixo minha testa encostar na dele.

— Não precisa mais se lembrar disso — digo. — Você fez todo o trabalho que precisava fazer.

— Sempre gostei do formato de sua bochecha — diz ele.

Com a maior delicadeza possível, passo a face na dele. Sinto sua barba por fazer, mantenho o rosto ali por um momento. Depois me afasto, para longe dele, e saio.

FIQUEI PERDIDA, SEM SABER quanto tempo estive aqui, andando por esses corredores enganosos, nesta casa restritiva, os dias, as horas, os minutos, os segundos. Estou deitada na cama, mas não consigo dormir. Minha mente está acelerada demais. Alguém está no quarto comigo. Sinto-me outra pessoa.

Quero que Hilbert descanse.

São apenas quatro residentes aqui. Está lotado, mas só quatro de nós. Deve haver mais quartos numa casa deste tamanho. São só duas pessoas trabalhando aqui. Vejo todas as mesmas pessoas todo dia. Saio do meu quarto para comer, para me sentar, para comer, volto ao meu quarto, para dormir, para acordar, para comer. Sem parar. Todos fazemos isso. Todos fazemos as mesmas coisas. Ouvimos as mesmas coisas. Comemos as mesmas coisas.

— Tem alguém aí? — digo para o quarto escuro.

Eu me levanto e acendo a luz. Espero, escutando. Vou até a minha mesa, volto para a cama e me deito. Levanto de novo, ando pelo quarto. Entro no banheiro. Bebo um pouco de água nas mãos em concha.

Não consigo dormir, então coloco os fones de cancelamento de ruído. Depois de ligá-los, não há som nenhum. Sinto a pressão na bexiga, depois da água. Volto a me levantar, visto o cardigã, ainda de fones de ouvido, e sento-me na privada.

Levanto, puxo a descarga, que não consigo ouvir, e volto para a cama. Não tiro o casaco, quero me proteger do frio.

O quarto está escuro. Só quando estou quase dormindo é que percebo o que havia de diferente no banheiro. A cortina estava puxada, tapando todo o boxe. Sempre deixo aberta para ver seu interior. Mas esta noite estava fechada. Não quero voltar e verificar de novo.

Preciso descansar, dormir.

UMA VARA ALTA, FINA e prateada ao lado de minha cama. É a primeira coisa que vejo na luz do início da manhã. Uma haste de intravenosa, com um saco transparente de fluido pendurado ali. Isto não é um hospital. É uma casa. É uma residência. Devia ser um lar. Meu lar. Tenho a sensação de insetos se arrastando por todo meu corpo enquanto acompanho o cateter intravenoso a partir do saco, que dá em mim. Arregaço a manga para ver onde ele penetra em meu braço. O fluido está entrando em mim.

Meu peito está pesado e comprimido. Agora é tarde demais. Ela está colocando alguma coisa aqui dentro. Ela nunca me falou disso. Deve ter colocado em Hilbert também. E em Ruth. E Pete. Em todos nós. A mesma coisa.

Apalpo em volta da entrada do cateter no braço. Está coberto por uma fita transparente, que retiro. Fecho os olhos e arranco o cateter com a maior rapidez que posso.

AGORA ESTOU PARADA NO corredor.

AGORA ESTOU ANDANDO.

AGORA ESTOU OLHANDO PARA ela. Shelley.

AGORA ESTOU AO PÉ da escada. Ouço alguém falar em outro cômodo no andar de cima. Não preciso subir, mas subo. Pisando com cuidado, na esperança de fazer silêncio, subo a escada.

Tem uma porta que nunca vi dando em um quarto em que nunca entrei. Uma luz forte, branca e antisséptica se derrama do quarto. Ouço-os falando.

— Não podemos parar agora.

— Sei disso. — Uma voz de homem. Tem mais alguém aqui? É Jack?

— Como se sente? — pergunta ele.

— Eu me sinto ótima.

— Você me parece muito bem — diz ele.

— Demorou mais tempo do que eu pensei — comenta ela.

Chego mais perto, tentando enxergar mais pela porta aberta, mas não consigo.

— Acho que, por ser a última, eu esperava que fosse mais fácil com Penny.

— Eu também.

— Mas não é pela facilidade que estamos aqui.

Enfim consigo enxergar melhor, apenas sombras, mas sei o que é isso. São as sombras de outros cateteres intravenosos, movendo-se no chão como serpentes, todos juntos. Conto, um... dois... três... quatro cateteres.

Viro-me e parto escada abaixo.

ESTOU CAMINHANDO. CAMINHO O melhor que posso. Sento e descanso. Caminho mais um pouco pelo corredor.

Chego à sala comunitária, lá fora a luz do início da manhã, quase de cor azul, mas o sol ainda não nasceu de todo. Esta sempre foi minha hora preferida do dia porque não dura muito. Eu ia ao parque só por esta hora mágica. É tão fácil perdê-la. Todo mundo quando acorda sabe que ela está lá, mas não liga porque todo dia é assim. É só um instante. É mágica, é linda.

Olho para fora. Nunca pus a mão nessas janelas. Nunca as toquei.

Ando entre as barreiras do sofá, das mesas de canto e das plantas. Estou bem em frente às enormes janelas. Quando chego assim tão perto, as dimensões ficam ainda maiores do que eu imaginava. Mais altas e mais largas. Nunca estive tão perto dessas janelas. Sinto-me menor. Parece tão frio lá fora. São tantas árvores lá, tantas que só seremos capazes de ver uma parte minúscula da floresta. Uma fração.

Uma pequena cintilação atrai o meu olhar, perto da base da janela. Curvo-me. Tem um ponto na janela que é ligeiramente mais brilhante. Eu o toco. Não tem a sensação que eu esperava ter. É mais macio. Pressiono o dedo com mais força. Ele... cede. Move-se um pouco. Sua resistência é elástica.

Pego uma peça do quebra-cabeça Pando que está na mesa a meu lado. Pando significa "eu me espalho" em latim. Ele me disse isso. Hilbert. Tenho de quebrá-la para enfiá-la, com toda a força que consigo, na janela. O vidro se curva como um lençol esticado, e a peça que seguro acaba se metendo através dele. Não quebra como vidro, mas cria um buraquinho.

Sinto a sala rodar. Não entendo. O chão não está firme sob meus pés.

Posiciono o olho bem na abertura e olho por ela. Em vez da floresta, tem outro corredor, parecido com o do meu quarto. A diferença é evidente, mas não consigo decifrá-la. E depois percebo. É o carpete. Eu conheço este carpete.

É o carpete que eu tinha em meu antigo apartamento.

O buraco é pequeno demais para permitir uma visão melhor, mas consigo divisar algumas luzes e outro equipamento. Vejo um violino. Um dicionário de francês. Pilhas de papel quadriculado azul e um lápis. Várias telas em branco. Tenho o olho e a face pressionados no buraco quando me vem a sensação de ser agarrada por trás. Algo me pegou, está me segurando. Sinto uma onda de puro pânico antes que tudo fique escuro.

Alarmada, desperto com um leve toque em meu ombro.

Pisco, tento focalizar. Não há nada para ver. Ouço uma voz.

— Penny — sussurra Jack, aproximando-se de minha cama.

Abro mais os olhos. Ele me olha com carinho. Está tenso, inquieto.

— O que aconteceu? — pergunto. — Estou assustada.

— Você teve outro pesadelo. Estava gritando.

Concentro-me na minha respiração. Inspirar, expirar, inspirar, expirar.

— Por que ainda estou aqui? Pensei que não deveria estar.

— Penny...

— Vocês estão me mantendo... viva? A todos nós?

— Ah, Penny.

Mais uma vez, ele toca meu ombro.

— Perdoe-me — diz ele. — Eu não sou uma boa pessoa.

— Você é, sim — replico. — Eu acho que é.

— Eu queria ser melhor do que sou. Cometi tantos erros.

— Você tem sido gentil comigo — digo.

— Vim para cá porque eu não tinha nada e precisava trabalhar. Ela me falou: "O que é mais importante na vida do que viver?" Eu a achava inteligente e carinhosa.

O rosto dele está vermelho e macilento.

— Por favor, me diga! Diga agora! O que tem dentro desta casa? O que tem lá fora? — pergunto. — As portas estão trancadas.

— É claro que estão.

— Mas...

— Você devia poder sair. Não está certo que você não possa — diz ele.

Ele se volta para a porta, como se tivesse ouvido alguma coisa.

— Jack...

Ele põe um dedo nos lábios.

— Qual é seu maior arrependimento? — pergunto.

— Ainda não vivi toda a minha vida, então não sei dizer. Depende de quanto tempo tenho.

— Eu me lembro de uma mulher na frente do meu prédio que disse uma vez: "Você vai para o inferno quando você morrer." Ela gritou isso para mim. "Você vai para o inferno!" Foi tão assustador naquele momento, quando eu era uma jovem, ouvir alguém dizer *quando você morrer*. Pensar na própria morte, em morrer, o quanto isso está próximo para todo mundo. Mas agora sei que não é essa a parte apavorante.

— Não é?

— Não. Hilbert e eu estivemos conversando. A tragédia da vida não é o fato de chegar ao fim. Isto é a dádiva. Sem um fim, não existe nada. Não existe significado. Entende? Um momento não é um momento. Um momento é uma eternidade. Um momento deve significar alguma coisa. Deve ser tudo.

Ele tem os olhos marejados, mas não parece triste. Fica algum tempo sem se mover. Vira a cabeça, baixa o olhar para a minha mesa de cabeceira e o acompanho para uma única folha de papel e um lápis.

— Você tem razão — diz ele.

Ele pega o papel e o lápis, escreve alguma coisa, depois recoloca-os na mesa.

— Para você — diz ele. Tocando meu braço. — Sei o quanto gosta de ar fresco.

Ele sai sem olhar para trás.

Eu pego a folha de papel. Em um lado está um bilhete antigo que escrevi para mim mesma.

Você adorou conversar com Hilbert.

Viro a folha e vejo a mensagem que Jack acabou de escrever para mim.

6—7—8—8—7

— **E** VOCÊ SÓ TEVE UM pesadelo, Penny. Você está bem?

É ela, Shelley, parada junto de minha cama, inclinada sobre mim.

— Fique longe de mim — protesto. — Não me toque.

Abro os olhos o máximo que posso, falando com ela.

— Sei de toda a verdade — digo.

— Por favor, Penny. Isso não está ajudando.

— Abra minha janela! Você não pode. Porque as janelas são falsas. Não são reais.

— Do que você está falando?

— Eu sei que não são reais. Você não pode abri-las.

Shelley vai à janela, abre, coloca o braço comprido para fora.

— Está frio lá fora. Posso fechar, por favor? Penny?

— Quero ver Jack fazer isso.

— Jack não está aqui agora.

— O quê? Do que está falando? O que era aquela coisa no meu braço?

— Aquela coisa, como você chama, é importante. Você precisa dela. Já estava ficando desidratada. Vem recebendo isso há seis meses. Ainda tenho esperança de que vá se acostumar.

Sinto a cor fugir do meu rosto.

— Só vi hoje de manhã.

— Sabe por que você está aqui? Por que não mora mais em seu apartamento?

— Porque sou velha demais. E agora você está me usando. Usando todos nós.

— Porque você não está bem, Penny, e precisa de nossa ajuda. E, às vezes, como hoje, você realmente se esquece das coisas, depois fica confusa, assustada e perturbada.

— Por que não está me dizendo a verdade?

— A verdade é que você tem atenção e é bem cuidada. Está se recuperando aqui.

— Onde está Hilbert? Diga para onde o levou.

— Hilbert não estava se sentindo bem. Está em repouso.

— Você o feriu. Você o mantém vivo... está fazendo isso com todos nós.

Ela se desvia de meu olhar por um momento. Tenta se recompor.

— É bom que você se importe com seu amigo Hilbert. Mas precisa parar de se preocupar, Penny. Ainda me lembro do seu primeiro dia aqui. Você e Hilbert se entenderam logo de cara.

— Mas me mudei há pouco tempo. Sou nova aqui.

Ela vira a cabeça de lado, sorri.

— Não pode usar esse termo para sempre. Não quando você já mora aqui há mais de três anos, Penny.

Ouço as palavras. Mas não acredito nelas. Não pode ser verdade. Acabei de vir para cá.

— É mentira sua! Onde está Jack? Onde está Hilbert?

— Jack tirou o dia de folga.

Não digo nada.

— Quer ver Hilbert? Só precisa prometer que não vai incomodá-lo.

— Quero vê-lo.

— Tudo bem, venha, levarei você até ele. Vamos.

Ela me ajuda com minha intravenosa.

SHELLEY ABRE A PORTA de Hilbert e espera que eu entre primeiro.
Eu o vejo. Ele está ali. Bem na minha frente. Está deitado na cama, dormindo. Bem metido nas cobertas, que vão até o queixo. Não fez a barba. Eu nunca o vi com bigodes tão compridos e o cabelo despenteado. Ao me aproximar, estendo a mão e pego o livro em sua mesa de cabeceira, *Geometria não comutativa e teoria dos números: Onde a aritmética encontra a geometria e a física*. Ele escreveu algumas frases a lápis na margem da página onde abro.

> *Perguntar a Penny se ela acha reconfortante que existam provas matemáticas da impossibilidade. Exemplo: trissectar um ângulo. Dividir qualquer ângulo em três partes iguais.*

Meu peito se aquece quando fecho o livro e o coloco na cabeceira.

— Está vendo? — diz Shelley em voz baixa. — Ele está tranquilo e satisfeito.

Olho para ele. Está incrível. Está maravilhoso. Não sei onde nasceu, nem como foi sua infância. Mas sinto um profundo carinho por ele enquanto estou junto à sua cama. É um homem gentil. Sempre foi, tenho certeza disso.

— Eu o vi ontem à noite mesmo. Ele estava muito mal.

— Não sei o que quer dizer com isso, Penny. Você o está vendo agora, como ele está.

Estendo o braço para tocar nele, mas ela me detém, segurando minha mão.

— Não, não faça isso. Ele precisa descansar.

Puxo a mão de volta.

— É só que eu tenho certeza disso. Ele estava...

Fico sem palavras.

— Estamos torcendo para que ele esteja bem para esta noite.

— Esta noite?

— A festa!

— Você vive falando em uma festa...

— Não é culpa sua. É difícil se lembrar de todos os detalhes. Você adora as nossas festas. Sempre que damos uma, você se cansa de tanto dançar.

Ela me puxa e me abraça. Meu rosto fica enterrado em seu ombro pelo que parece um longo tempo. Ela me abraça como meu pai me abraçava quando eu ficava magoada.

— Mas sou nova aqui — digo.

— Ah, Penny. Esta será a sua grande noite.

— Minha grande noite?

Ela se liberta do abraço. Vejo um cateter fino saindo debaixo da coberta de Hilbert e entrando em um saco pendurado ao lado de sua cama.

— Esta noite será sua primeiríssima exposição! É seu vernissage.

Nunca fiz uma exposição. Nunca tive um vernissage, nem mostrei meu trabalho publicamente. Nem uma vez. Nunca.

— Talvez eu lhe mostre uma coisa — diz ela. — Uma espiadinha.

— Me mostrar o quê?

— Eu esperava não ter de fazer isso, não até esta noite.

— Me mostrar o quê? — repito.

— Suas pinturas. Você ficou tão prolífica. É muito impressionante.

Ela vai para o corredor, deixando-me a sós com Hilbert. Chego mais perto dele. Quero tocá-lo, tirar as cobertas dele, saber se seus braços e pernas estão intactos, mas enquanto seguro sua mão, Shelley reaparece trazendo uma caixa. Abre a tampa. Coloca a caixa no chão.

— Aqui, dê uma olhada. Estou prestes a arrumar tudo.

Solto a mão de Hilbert e pego a caixa que ela segura. Retiro várias telas. Cada uma delas é uma pintura.

— São maravilhosas — diz ela.

São inconfundíveis. São telas que fiz.

— Tem mais — diz ela.

Deve ter trinta ou quarenta pinturas nesta caixa. Eu levaria anos pintando todas. Nenhuma é igual. Todas são retratos. De Pete, Ruth e Hilbert. Estão incompletos. Ela não percebe. Mas eu, sim. Um pequeno detalhe aqui e ali. Inacabadas.

Parece que retiraram todo o meu sangue. Não consigo falar. Não tenho nada a dizer. Sinto-me murcha. Sinto-me velha.

— Temos tanto orgulho de você e de seu trabalho, Penny, e estamos ansiosos pela exposição na festa desta noite. Você parece cansada. Está em seus olhos. Vamos voltar ao quarto para tirar um cochilo.

SÃO TANTAS AS ÁRVORES fora desta casa, tantas que você talvez jamais fosse capaz de conhecer todas, mas cada uma delas está ali. Cada uma delas conta. Eu as notei em meu primeiro dia, antes de ver o interior da casa, antes de conhecer os outros.

Estou de pé junto à cama de Hilbert. Ele está acordado. Não estamos conversando. Não precisamos.

Seguro sua mão mais uma vez antes de sair.

A SALA DE ESTAR COMUNITÁRIA está arrumada para uma festa, um vernissage. Não estou lá, mas isso não importa. Posso vê-la perfeitamente de olhos fechados. Tudo aquilo. Tudo. Todos eles estão ali. Balões, serpentinas e ponche. O tapete foi aspirado, as janelas, lavadas. Pete afina o violino. Ruth está recitando em latim também, em lugar do francês.

O que fiz já basta. É bonito só porque tem um fim. Existem muitas coisas que podemos abandonar. *Tant de choses à laisser aller*.

Estou em minha cama, mas vou lá para fora. Eles ainda não sabem, mas vão tentar sair também, por minha causa. É um presente. Meu presente a eles. Pete não precisa mais tocar violino. Ruth pode deixar o dicionário de francês para trás, na prateleira. Hilbert pode baixar o lápis; ele não precisa mais de nenhum papel quadriculado.

Nós não nos misturamos. Não somos arruinados, impotentes, um fardo. Não somos os idosos. Não somos os velhos. Agora, ainda, somos únicos. Distintos. Apesar do que produzimos ou do que acontece com nossos corpos. Cada um de nós tem as próprias lembranças e experiências, mesmo que tenham sido perdidas ou esquecidas.

Eles, nós, todos nós enfim podemos descansar.

NÃO ESTOU MAIS EM minha cama. Já escapuli, mas ainda posso ver: Shelley andando pelo corredor de saltos altos, andando até chegar a meu quarto. Ela entra direto, sem falar. Minha forma, meu contorno, está ali, deitado na cama, embaixo das cobertas.

Ela olha para o teto e, ao fazer isso, suas pernas cedem. Ela precisa se sentar. Está vendo aquilo pela primeira vez. Meu verdadeiro trabalho. Tudo que fiz. Um mural imenso pintado no teto do meu quarto que se estende até o banheiro, o corredor e a sala comunitária. Sua escala é enorme. Inimaginável. Não sei dizer quanto tempo levei para fazê-lo.

O mural se espalhará para eles. Todos eles. A Ruth e Pete. A Hilbert. Ele se espalhará até Jack. E Shelley.

Espero que ela sinta alguma coisa. Espero que ele a reconforte.

MINHAS UNHAS RECÉM-PINTADAS DE vermelho pressionam cada botão no teclado da entrada da Six Cedars.

6—7—8—8—7 ou O—R—T—U—S.

Números e letras.
A porta estala e se abre.
Estou nervosa: tenho medo. Faz tanto frio.
Olho uma vez para trás. E depois vou. Saio dali.

A NDO DESCALÇA, SÓ DE camisola, ao seguir um caminho de pedras para as árvores, para a floresta densa. Há neve, mas não sinto a ação cortante do frio. O solo é íngreme e duro. Meus pés estão brancos. Eu me maquiei. Para o vernissage.

Ouço o soar de um alarme. Vejo o gato sentado ao lado de uma árvore pequena. Chego perto dele, abaixo-me e faço um carinho atrás de suas orelhas. De repente, tudo fica em completo silêncio, como se eu estivesse usando os fones de cancelamento de ruído.

Mas não estou. Não estou com fone nenhum.

O silêncio está em toda parte, em volta e dentro de mim.

Continuo andando em meio às árvores até chegar à margem da floresta, onde o terreno sofreu erosão, até encontrar-me no alto de um penhasco escarpado. É tão alto. Adoro a luz a essa hora da manhã. Nunca dura muito tempo.

Sigo cautelosamente até a beira. Sinto um frio na barriga. Olho à frente, mas não consigo ver nada. Sinto o ar, o vento. Por um momento, tudo se acalma. Fecho os olhos. Sinto que me elevo do chão, caio pelo ar. Estou me precipitando em alta velocidade, ou talvez, por um momento, esteja flutuando.

Aos noventa e dois anos, Penny faleceu na Six Cedars Residence, cercada por sua carinhosa equipe. Deixa sua impressionante coleção de obras de arte e todos os amigos da Six Cedars. Com o decorrer dos anos, a equipe e os residentes da Six Cedars passaram a amar Penny como se fosse da família. Foi promovida uma visitação à residência, seguida por uma celebração de sua vida. Penny deixará profundas saudades.

AGRADECIMENTOS

Minha avó se mudou para uma residência de cuidados especiais quando completou cem anos. Nós a visitávamos com frequência e passamos muito tempo com ela nos dois anos seguintes, antes que ela viesse a falecer. Assim, eu gostaria de agradecer a todas as enfermeiras, aos funcionários, aos voluntários e a toda a equipe de Personal Support Workers (PSW), que cuidaram dela. Muito obrigado.

Impressão e Acabamento:
LIS GRÁFICA E EDITORA LTDA.